Die drei Paragraphenzeichen §§§

AF146515

Die Weltformel

www.DreiParagraphenzeichen.de

www.AlfredHitschkock.de

Dieses Buch ist für euch da draußen

Die drei Paragraphenzeichen §§§

Die Weltformel

written by Robert Arschhaar

Ähnlichkeiten mit anderen Hörspielreihen sind zufällig,
da sie sich ja alle irgendwie ähneln!

© 2016 - Hagen R.W. Bertold und Rory Ballboa

Musik: Hagen R.W. Bertold

Illustration: Hagen R.W. Bertold

Layoutgefrickel: Rory Ballboa

Herstellung und Verlag: BoD - Books on Demand, Norderstedt

ISBN: 978-3-7431-0385-6

Inhalt

- Vorwort 6
- Die Heimkehr 7
- Der rote Geheimgang 14
- Alte Kameraden 18
- Gefahr aus dem All 23
- Paragraphenzeichen Reloaded 31
- Auf Augenhöhe 46
- Ein Königreich für einen Glasbären 49
- Wer hat gefurzt? 65
- Die Geheimzentrale 67
- Die Flucht 79
- Verschwörungstheorien 81
- Angriff der Zombie-Paragraphen 84
- Totschlag 88
- Ein böser Verdacht 92
- Der rätselhafte Tatort 97
- Persona Non-Grata 103
- Zombiegemetzel 107
- Halt die Fresse, Donny! 109
- Grillen statt Heuschrecken 112
- Des Rätsels Lösung 114
- Keine Arme, keine Kekse 116
- Am Arsch 118
- Gyrosbrots großer Auftritt 123
- Hin und weg 125
- Das Geständnis 127
- Jetzt aber schnell! 131
- Der große Knall 136
- Ehre, wem Ehre gebührt 143
- Epilog 156

Vorwort

Frage an den Leser:
Wird der Mensch gefragt, ob er geboren werden will?
Und später dann, wird er vorher gefragt, ob er bereit
ist, abzutreten? Na, wird er?

Wie
dem
auch
sein mag.

Die Zeit
dazwischen soll Spaß
machen. Deshalb
haben wir dieses Buch geschrieben.
Ganz im Ernst ☺

aka Bruder R. und aka Bruder B.

Kapitel 1

Die Heimkehr

Jumbo Johnssen knetet an seinem Sack. Ein sicheres Zeichen dafür, dass er nachdenkt. Fünf Jahre ist es her, dass er das letzte Mal das Gelände des Schrottplatzes der Firma Titte Johnssen betreten hatte. Damals entschied seine Mante, dass sich ihr 40-jähriger Neffe auch mal für sein Land nützlich machen sollte, anstatt immer nur vollkommen sinnbefreit mit seinen Kumpels Plastikschlitten Erdnuss und Gyrosbrot Scraw Detektiv zu spielen. Kurzerhand bewarb sie ihn als Soldat für den Afghanistan-Einsatz. Und dann ging alles sehr schnell, Jumbo konnte sich damals gar nicht richtig von seinen Detektiv-Kollegen verabschieden. Offensichtlich herrschte zu der Zeit krasser Personalmangel in der Armee. Nur 48 Stunden später saß er schon mit seinen neuen Kameraden in einem leicht zugigen Laderaum irgendeiner Frachtmaschine Richtung Kabul. ‚Die Ausbildung gibt es dann vor Ort‘, hatten die gesagt und jedem von ihnen ein paar eingeschweißte Kekse und nen Seesack in die Hand gedrückt. Naja, am Ende ging ja alles gut.
Mit einem wehmütigen Seufzer schüttelt Jumbo die Gedanken ab. Hinter ihm fällt das mächtige Eingangstor quietschend ins Schloss, während er die altvertraute Mischung aus Schrott- und Trödelmuff tief durch die Nase einsaugt. Eine gefühlte Ewigkeit hatte er sein Zuhause vermisst. Und doch kommt es ihm vor, als wäre es erst gestern gewesen, als seine damaligen Detektiv-Kollegen Gyrosbrot und Plastikschlitten ihm an genau dieser Stelle Lebewohl gewünscht hatten. Jumbo hält mitten auf dem großen Vorplatz inne, vergräbt seine Hände tief in seine ausgebeulten Hosentaschen und lässt seinen Blick schweifen. Ein rostiger Hauch des Vergänglichen liegt auf dem Gelände und den schier endlosen Bergen und Schluchten aus Schrott und Trödel. Feiner Staub flimmert durch das gleißende Sonnenlicht. Myriaden kleiner Reflektionen blenden Jumbo, während er auf das nach all der Zeit immer noch so vertraute Anwesen der Johnssens zu schlurft.
Das Wohnhaus und die Werkstattbaracken sehen noch genau so aus, wie damals. Erstaunlicherweise hat sich nicht viel verändert.

Nur die bekackte Flex, mit der sein Onkel Titte damals Tag und Nacht wie besessen Miniatur-Märchenlandschaften aus rostigen Hochsee-Containern geflext hatte, war nicht zu vernehmen.
Seine Mante sieht ihn bereits durchs Küchenfenster und kommt hastig, soweit es ihre thrombosegeschwächten Beine zulassen, aus dem Haus gehumpelt und beschleunigt draußen noch mal auf Zeitlupentempo. Und gleich einer Rangelei unter Seeelefantenbullen, liegen sich die beiden Schwergewichte in ihren fetten Armen.

Tatilda: (*mit Tränen in der Stimme*) Jumbo, da bist du ja endlich!
Jumbo : (*gefasst*) Mante Tatilda!
Jumbo/Tatilda: (*gleichzeitig*) Du bist aber dick geworden!

Sie lachen herzlich und hätten auch noch weitergelacht, wenn sie nicht von einem Penner im E-Rolli unterbrochen worden wären, der am Eingangstor haltgemacht hatte und strategische Zeichen durch das Gitter winkt.

Penner im Rollstuhl: (*näselnd rufend*) Na, wenn das nicht der fette Sherlock ist. Na, wieder zurück bei deiner großen dicken Mante?
Jumbo: Was willst du Skinboy? Ist es nicht besser dick zu sein, als wenn man durch alkoholbedingte Polyneuropathien und anderen organischen Folgeschäden eines chronischen Ethanolabusus für immer an den Rollstuhl gefesselt ist und aufgrund angeborener Non-Intelligenz philharmoniemetaphorisch gesprochen sein Leben lang die letzte Geige spielt?
Skinboy: Ohhh … also, das ist doch …

Skinboy fährt beleidigt und vor-sich-her-fluchend die Straße am Schrottplatz vorbei und verschwindet.

Tatilda: Also, Jumbo, von deiner hochgestochenen Sprache und deinem Galgenhumor hast du ja in Afghanistan Gott sei Dank nichts eingebüßt. Aber woher wusstest du denn von Skinboys erhöhtem Alkoholkonsum in den letzten Jahren?
Jumbo: Hast du nicht die Petechien, also die geplatzten Äderchen auf seiner Nase gesehen? Und seine Riechgurke hat sich in eine für alkoholkranke Menschen typische Knollnase verwandelt, auch Rinophym oder Säufer-Rüssel genannt. Seine Beine und Arme

sind auffällig dünn, während sein Bauch extrem geschwollen ist. Ein deutliches Indiz für eine Leber-Fibrose, ebenfalls ein für Alkoholiker typisches Syndrom, auch Fettleber genannt. Zusammen mit seinem ausgeprägten Büffelnacken und dem Zittern seiner Hände darf man ohne Weiteres auf erhöhte Katecholamine schließen, vermutlich fahren seine G-Protein-gekoppelten Rezeptoren rund um die Uhr Achterbahn. Dass er im Rollstuhl gelandet ist, wird wohl an einer weiteren für Säufer typischen Folgekrankheit namens Polyneuropathie liegen. Nervenschädigungen, die zusätzlich auch Parästhesien verursachen, also das Gefühl, es würden einem Ameisen über die Haut laufen. Daher wohl auch die aufgekratzten Unterarme. Dass Skinboy zusätzlich am Korsakow-Syndrom leidet ist diagnostisch schon fast obligatorisch, so verwirrt, wie er mit seiner fazialisparetischen Spider-Naevi-Fresse durch den Zaun gesabbert hat.

Tatilda: Und das alles hast du von der weiten Entfernung sehen können?
Jumbo: (*nicht unstolz*) Tja, naja ... außerdem lugten aus der Plastik-Tüte zwischen den Griffen mehrere Bier- und Schnapsflaschen raus.

Tatilda versteht wie immer nicht alles hundertprozentig, will es ihn aber nicht wissen lassen, weil sie von der darauffolgenden Erklärung wiederum nichts verstehen würde.

Tatilda: (*wischt sich die Hände an ihrer Schürze ab*) Ach so, na dann. Jumbo, du hast sicher Hunger und beim Kirschtortenessen kann man viel besser erzählen.
Jumbo: (*freudig*) Kirschtorte? Deine allerbeste Kirschtorte?

Tatilda zieht Jumbo am Ärmel hinter sich her und steuert auf das Wohnhaus zu.

Tatilda: Natürlich Jumbo, ich weiß doch was meinem kleinen Fettneffen schmeckt!
Jumbo: Wie hast du mich genannt?
Tatilda: (*irgendwie ertappt*) Häwie? Was?
Jumbo: Du hast mich gerade Fettneffe genannt?

Tatilda bleibt ruckartig stehen und dreht sich mit erhobenem Zeigefinger zu Jumbo um.

Tatilda: (*sehr bestimmt*) Nein. Habe ich nicht.
Jumbo: (*weicht einen Schritt zurück, während er ihren Finger beiseiteschiebt*) Doch, hast du wohl!
Tatilda: (*kurz entrüstet, dann resigniert*) Ach Jumbie, das ist mir nur so rausgerutscht, weil Titte und ich dich immer liebevoll so nennen, wenn du nicht da bist. Und du musst zugeben, dass du ziemlich lange weg warst. Da kann man so einen Fopah ruhig mal verzeihen!
Jumbo: (*versöhnlich*) Na gut, hast ja recht! Schließlich habe ich dich auch immer Fettmutante genannt, wenn meine Kameraden und ich im Schützengraben von der Heimat geschwärmt haben.
Tatilda: Na dann komm! Vergessen wir das. Lass uns hineingehen! Ich bin schon ganz neugierig, was du sonst noch so in letzten Jahren in Afghanistan erlebt hast. Du hast ja nie etwas von dir hören lassen.

Beim Kirschtortenessen in der Küche schneidet Tatilda ein kleines Stück aus der Torte, legt es sich auf den Teller und schiebt Jumbo mit liebvollem Blick den Rest rüber. Jumbo lässt sich gar nicht erst bitten und stopft sich mit zwei Gabelstichen das komplette Teil in den Mund. Das meiste fiel aufgrund seiner Halslosigkeit direkt in seinen Magen. Gerade wollte er die Mahlzeit mit ein paar kräftigen Schlucken direkt aus der Saftpulle besiegeln, als ein scharfer Geschmack plötzlich einen Kotzreiz auslöste, den er mit einem eigenartigen Würgegeräusch so grade noch unterdrücken konnte.

Tatilda: Was ist los? Jumbo, was machst du für ein Gesicht?

Jumbo gestikuliert in Richtung ihres Tellers, während seine Backen zu pulsieren beginnen. Tatilda probiert nun selbst von ihrem winzigen Stückchen.

Tatilda: Oh Gott, ich glaube ich habe Zucker mit Salz verwechselt.

Jumbo bricht der Schweiß aus. Seine Augen werden größer. Seine prallen Backen haben nur noch den Wunsch, sich auf der Stelle zu entleeren.

Tatilda: Nein, Jumbo! Es wird nichts ins Klo gespuckt, was der Herrgott uns zu essen gibt.
Jumbo: (*angekaute Torte prustend*) Was für ein Herrgott? *Du* hast mir die bekackte Torte hier hingestellt, du Arschloch!

Das, was ihm beim Reden nicht eh schon aus der Fresse gespritzt war, spuckt er über die linke Schulter und übergab sich anschließend direkt vor die Besteckschublade der Einbauküche.

(*Kotzstrahlgeräusche*)
Tatilda: Jumbo, was ist denn mit dir los?
Jumbo: (*Tränen in den Augen, reibt sich mit einem alten Taschentuch den Schweißausbruch von seinem roten, runzeligen, fetten Kopf*) Tut mir leid, Mante. Liegt wohl am Jetlag. Ist noch abgelaufenes Bier im Kühlschrank? Ich muss den Salzgeschmack loswerden.
Tatilda: (*beim Aufwischen der Kotze*) Ich hab dir doch schon tausend Mal gesagt, dass du nicht immer in die Schnellimbissbuden gehen sollst. Es bekommt dir nicht und schadet außerdem deiner Figur.
Jumbo: Musst du gerade sagen, außerdem ist Jetlag keine Fastfood-Kette, sondern die Bezeichnung für ... für ... und außerdem hab ich dir schon eine *Milliarde* mal gesagt, du sollst nicht so übertreiben, Tatilda!
Tatilda: (*mit dem Kopf unter der Spüle*) Nennst du mich gar nicht mehr *Mante*?

Angeekelt starrt Jumbo auf die ausladende Rückseite seiner fetten Mante, während sie mit dem Wischeimer auf allen Vieren den Kuchensabber vom Boden wischt. Wie bei einem schweren Autounfall, bei dem man nicht wegsehen kann (oder wie bei rotten.com), glotzt er ihr auf ihren riesigen fetten Megaarsch, der mit der ganzen Kraft seines massigen Gewichts versucht aus der elastischen und unter der Ausbeulungsstufe nahezu durchsichtigen Feinstrumpfhose herauszuplatzen. Auf der einen Seite findet er den verbeulten Anblick dieses ehemaligen Gesäßes ja total widerlich, doch andererseits handelt es sich ja immerhin um einen wesentlichen Teil seine ihn liebenden Mante. Gemeinsam mit Onkel Titte hatte sie ihn damals als kleines fettes Kind aufgenommen, nachdem seine Eltern auf geheimnisvolle Weise verschwunden waren.

Jumbo: Ich denke, dass ich aus dem Alter raus bin, Tatilda. Außerdem nennst du mich ja auch nicht *Neffe*!
Tatilda: Doch, wenn ich mit Titte über dich spreche.
Jumbo: Ach stimmt ja. Hatte es dir grade verziehen.
Tatilda: (*zieht sich an der Arbeitsplatte hoch*) Willst du was trinken?
Jumbo: Ja, nen Kaffee, schwarz, mit Milch und Zucker!
Tatilda: Hier, meine Junge, nimm. Hab ihn extra schon etwas abkühlen lassen, damit du dir nicht deine Schnute verbrennst. Und mit einem ordentlichen Pfund Zucker, so wie du es am liebsten magst.

Sie reicht ihm mit liebevollem Blick den Blumenkübel, den sie ihrem Jumbobärchen einst zu Weihnachten mit Edding verziert geschenkt hatte.

Jumbo: Oh, mein alter Jumbo-Kaffee-Becher mit den aufgedruckten Paragraphenzeichen. Danke, liebe Mante!

Mante Tatilda wird etwas warm ums Herz, weil Jumbo sie doch wieder Mante genannt hat. Jumbo kippt den Monster-Pott komplett in einem Schluck hinunter, um endlich den fiesen Salzgeschmack runterzuspülen. Dann trifft es ihn wie eine Abrissbirne. Diesmal hat er gar keine Chance gegen den Kotzreiz und würgt die ganze Fuhre Kaffee strahlartig genau dahin, wo Tatilda eben noch gewischt hatte. Einige Sekunden später erlangt Jumbo seine Fassung zurück.

Jumbo: (*gepresst*) Jetzt hab ich aber die Faxen dicke! Willst du mich etwa vergiften?
Tatilda: (*entsetzt, glotzt auf die Lache aus Kaffee und Galle*) Aber Jumbobärchen, ich wollte doch nur … habe ich da etwa auch ...
Jumbo: (*knallt den Blumenpott auf den Tisch*) Ich brauch erst mal n bisschen frische Luft. Ich geh mal eine rauchen.

Um Mante Tatildas Herz wird es wieder kühl. Jumbo steht auf, schnappt sich eine Flasche Bier aus dem Kühlschrank und spült sich den Salzkaffee aus dem Mund, während er an seiner resignierten Mante vorbei nach draußen auf die Veranda schlurft.

Tatilda: (*in der Küche, zu sich selbst*) Sowas, das ist mir ja noch nie passiert! Salz mit Zucker zu verwechseln. Hm, ich glaub ich werde alt!
Jumbo: (*von draußen*) Was heißt hier werden?

(*Musik*)

Kapitel 2

Der rote Geheimgang

Über das etwas wackelige Geländer gelehnt zieht Jumbo genüsslich an seiner Zichte. Langsam entweicht Rauch aus seiner Nase und er lässt seinen Blick über die Weiten des Schrottplatzes schweifen. Wie oft hatte er in den vergangenen Monaten an seine Heimat gedacht, während er mit Kamelscheiße an den Hacken und Staub in der Fresse irgendwelche völlig bedeutungslose Hügel in der afghanischen Wüste gegen nichts und niemanden verteidigte. An sein Zuhause. An sein altes Leben. Und was hatte ihn nach all der Zeit erwartet? Jetzt, wo er endlich wieder in Rambo Bietsch war? Zwei Kotzanfälle in einer knappen halben Stunde. Mit feuchten Augen legt er seinen fettigen Schädel in seinen Stiernacken und atmet tief ein. Vor seinem inneren Auge sieht er sich mit seinen beiden Freunden Gyrosbrot und Plastikschlitten im Kindesalter auf dem Vorplatz im Kreis stehen. Es waren nicht nur seine besten Freunde. Nein. Es waren seine einzigen Freunde. Sie waren sich sogar gegenseitig einzige Freunde. Die drei hatten sich in einer Ecke des Schulhofs kennengelernt. Jumbo hatte damals keine Freunde, weil er ein fetter Klugscheißer war. Gyrosbrot hatte ebenfalls keine Freunde, weil er ein ultranerviger drittklassiger Bedenkenträger und größter Angsthase des Planeten war und deswegen nie irgendwo mitmachen durfte und eh nicht wollte, weil er sich nicht traute. Plastikschlitten war ein grobmotorischer Opfertyp, wurde ständig verprügelt und wegen seiner Brille gehänselt. An jenem Schultag kam es für alle drei knüppeldick. Jeder hatte irgendwie Extra-Dresche bezogen, so dass sie wie vom Schicksal gefickt allesamt heulend am Rande des Schulhofs zwischen den Mülltonnen und der Pissecke hockten und sich so zum ersten Mal begegneten. Das, meine lieben Leserinnen und Leser, war die Geburtsstunde der drei Paragraphenzeichen. Noch am selben Tag schmissen sie die Schule und trafen sich am Nachmittag genau hier. Auf dem Vorplatz des Gebrauchtwaren-Centers seines Onkels Titte Johnssen. Jumbo grunzt, als ihn die Erinne-

rung überwältigt. Er sieht die Klinge des rostigen Teppichmessers in der Sonne funkeln, als sie sich gegenseitig zaghaft in die Handballen schnitten und ihre neue Freundschaft mit Blut besiegelten. Für immer wollten sie Freunde sein. Und sich für Recht und Ordnung einsetzen. Sich rechtschaffen rächen. Und Recht schaffen. Und so weiter. Und so fort. Noch am gleichen Tag mopsten sie aus der hintersten Schrottplatzecke einen alten Wohnwagen und richteten sich darin die Zentrale für ihr neues Leben ein. Das war der Beginn ihrer Detektiv-Karriere. Ja, das war die Geburtsstunde der drei Paragraphenzeichen gewesen.
Jumbo öffnet schlagartig seine Augen. Ein Blutschwall schießt ihm in die Ohren. Ob der Wohnwagen wohl noch da ist? Jumbo schnippt die Kippe von der Veranda und schleppt seinen massigen Körper zum gegenüberliegenden Eisenschrottgerümpel. Dort liegen wie eh und je hoch explosive ausrangierte Atomsprengköpfe neben verrosteten Fässern mit Quecksilbersulfid. Vorbei an einigen Schrottautos bleibt Jumbo plötzlich verdutzt stehen.

Jumbo: (*zu sich selbst*) Moment! Das Auto kenn ich doch!

Sein Blick fällt auf eine alte, rostige Karre. Plastikschlittens Käfer! Jumbo lacht laut auf, erinnert sich, wie sie damals manch eine Observation in diesem Gefährt über Tage hinweg vollzogen hatten oder wie sie Plastikschlitten bei seinem ersten Onanieversuch so dermaßen durchschaukelten, dass er einen Penisbruch erlitt. Es waren tolle Zeiten, tolle Kumpels und es war ein tolles detektivisches Hobby.
Wie in Trance schlurft Jumbo weiter zu einem Berg aus Metallschrott und begibt sich dann auf alle Viere. Die Gelenke krachen und ein Hosenträger flitscht von hinten klatschend gegen sein riesiges rechtes Ohr. Er ignoriert es. Vorbei an einer mit Brombeeren überwucherten Ansammlung von Beinprothesen robbt er vorsichtig in das alte Abwasserrohr. ‚Die Zentrale', murmelt Jumbo mantraartig vor sich hin. Im Laufe der Zeit hatten die drei Paragraphenzeichen den alten Caravan besser eingerichtet, als das Hauptquartier von Scotland Yard. Und alles natürlich streng geheim.

Auf der anderen Seite des Schrotthügels angekommen richtet er sich ächzend auf und blickt leicht keuchend umher. Der ‚Rote Eingang' war der einzige Eingang, den Jumbo damals je benutzen konnte, weil sein fetter Körper nicht durch die anderen Geheimgänge passte. Gedankenverloren hakt er seinen baumelnden Hosenträger wieder an seine Buchse, während er sich in dem zugewucherten Schrott-Labyrinth zu orientieren versucht. Plötzlich zuckt er vor Schmerz zusammen. Ganz in Gedanken hatte er begonnen, das Furnier einer Spanplatte abzuknibbeln und sich dabei einen Splitter unter den Nagel gekloppt.

Jumbo: (*zu sich selbst murmelnd*) Sonne Scheiße.

Er zieht den Splitter mit hochgezogenen Augenbrauen vorsichtig wieder raus. Dann betrachtet er den Turm aus Spanplatten und die einsetzende Erinnerung gleicht einer Morgendämmerung. Hastig beginnt er, die Spanplatten eine nach der anderen abzustapeln. Mit einer herumliegenden Krücke biegt er das dahinterliegende Pampasgras und die Brennnesseln zur Seite. Zum Vorschein kommt ein großes schwarzes Loch. Ehrfürchtig nuschelt es aus ihm heraus, ‚der rote Eingang!'.

Jumbo wird nervös. Eine Aufregung, wie er sie schon lange nicht mehr verspürt hat, zieht in ihm auf. Wenn der Eingang noch da ist, dann könnte auch die Zentrale noch da sein!

Jumbo robbt auf allen Vieren hindurch. Und tatsächlich hämmert er Sekunden später von unten gegen die alte völlig verrottete Campingwagenbodenfalltür. Weiche Holzsprenkel bröseln ihm mit jedem Schlag ins Gesicht und bleiben wie Federn auf heißem Teer an seiner vollgeschwitzten Birne kleben. Nach einigen Schlägen gibt die Luke nach und Jumbo streckt seine fette Rübe nach geschlagenen fünf Jahren erstmals wieder durch den ‚analen Schacht' der Zentrale. Er hält inne und sieht sich um. Es ist wie der Blick in eine vergangene Welt. Als wären sie gestern erst raus. Das Bild von Weltallfred Hitschkoks hängt wie eh und je über dem alten Stahlschrank und er scheint Jumbo freundlich anzulächeln. Als würde er sagen wollen ‚Hallo, alter Freund!'. Die elektronischen Geräte und die komplette detektivische Ausrüstung ... feinsäuberlich geordnet an ihrem Platz.

Jumbo zieht die Augenbrauen überrascht hoch. Der Computer ist doch tatsächlich noch an. Lustig hüpfen drei Paragraphenzeichen über den Bildschirm. Selbst der kleine schwarz-weiß-Fernseher daneben, den Jumbo damals fachmännisch repariert hatte, war eingeschaltet.

Jumbo: (*murmelt*) Huihhh, wie kann das sein?

Kapitel 3

Alte Kameraden

Stimme: Jumbo!

Jumbo wuchtet sich erschrocken durch die Bodenluke und rollt sich seitwärts hinter ein Regal. Reflexartig greift zu seiner Uzi, bereit, den Hindukusch auch im eigenen Land zu verteidigen.

Jumbo: Hat mich da jemand gerufen? (*vorsichtig neigt er seinen Kopf hinter dem Regal hervor*)
Stimme: (*kichernd*) Ich bin hier, auf der Couch!

Ein Mann mit langen fettigen Harren winkt ihm freundlich zu. Jumbo registriert die Bewegung und schärft seinen Blick. Tatsächlich sitzt da jemand auf der Couch. Dessen brauner Regenmantel hatte ihn auf dem verranzten Sofa quasi unsichtbar gemacht. Zusätzlich hatte der Mann noch eine dunkle Sonnenbrille und ein Jürgen-von-der-Lippe-Kinn-Lippenbart, wodurch die ganze Gestalt noch unscheinbarer wirkt. Ein Spliff, den er mit Hilfe einer Pinzette raucht, verteilt kleine Rauchröllchen in der eh schon stickigen Wohnwagenluft. Jumbo rappelt sich auf und steckt sich die Uzi wieder hinten in die Arschritze.

Jumbo: (*erstaunt*) Gyrosbrot?

Der langhaarige Mann rafft seine Beine vom Couch-Tisch und erhebt sich. Er inspiziert Jumbo mit schrägem Kopf, zieht an seiner Zichte und umkreist ihn langsam und wortlos. Dann stehen sie sich Auge in Auge gegenüber.

Gyrosbrot: Alte Scheiße, du bist es tatsächlich ... (*kurze Pause*) ... nämlich tatsächlich noch fetter geworden! (*haut sich ordentlich auf den Schenkel, brüllt fast*) Hast dich wohl ordentlich breit gemacht in Afghanistan, wie? Hahaaaaaaaa!
Jumbo: Nun, anscheinend hast du dich ebenfalls breitgemacht. Und zwar *dich* auf meiner Couch und *dir* die Birne. Der süßliche Gestank und dein schwachsinniges Grinsen verraten mir, dass du breiter bist als der Arsch meiner Mante.

Gyrosbrot: (*schnippt seinen Spliff in die Ecke und grinst*) Hihi. Hab dich vermisst, Mann!
Jumbo: Und ich dich erst!

Es folgt eine lange Abwechslung aus herzlichen Umarmungen und In-die-Augen-Schauen. Anschließend fallen sie erschöpft nebeneinander auf die Couch. Füße auf dem Tisch. Jumbo schaltet den Fernseher von Schwarzweiß-Gekrissel auf Nachrichten um, kramt mit langem Arm ne Schippstüte aus dem Regal und beginnt damit, sich diese einzuverleiben. Als wäre nichts gewesen.

Jumbo: (*knirschend kauend*) Mensch, Gyrosbrot, erzähl doch mal! Was hast du denn die letzten fünf Jahre so gemacht?
Gyrosbrot: Nicht viel! Nicht viel! Mal dies, mal das. Ich, ähm, war für kurze Zeit im Musik-Business tätig, son Raudi-Ding für Nickelback, *No Fixed Address*-Tour. Ein Haufen Arschlöcher. Naja, und dann ging ... dann legte meine Karriere ein bisschen ... es lief nicht alles, wie man sich das als kleiner Bub so vorstellt. Ich mein, also, ich dachte ich könnte mich mit Sport irgendwie durchschlagen. Vielleicht wäre sogar ne richtige Profikarriere drin gewesen, aber dann kam die Sache mit Dachi und ihrem Marihuanazeugs und es roch dann immer so verdammt gut und dann hat mich meine Mutter ja rausgeworfen, weil ich meine Ausbildung geschmissen hatte. Was heißt geschmissen. Klingt viel zu aktiv für die Zeit, die ich damals durchlebte. Ich bin schlicht und ergreifend nicht mehr hingegangen zu dem bekackten Drecksladen und tja, dann musste ich ja erstmal ne Bude finden. Das war gar nicht so einfach. Ja, und dann diese Lethargie, die mich irgendwie daran hinderte, mir n Job zu suchen. Und dann …
Jumbo: Gyros! Was faselst du denn da? Ich weiß von deiner Lethargie und von deinem Drogenproblem und deiner Nickelback-Tour! Ich kenne deine Bruchbude und weiß, dass du kein Sport mehr treibst. Das war alles noch lange bevor ich nach Afghanistan gegangen bin! Ich fragte dich, was du in den letzten *fünf* Jahren so gemacht hast.

Gyrosbrot: Achso, war das echt alles schon vorher, als du noch hier warst? Kommt mir vor, als wäre es gestern gewesen, naja gut, also die letzten fünf Jahre, verstehe ... Moment ... (*greift in seine speckige Manteltasche und reibt sich dann irgendwas unter die Oberlippe*) ... hm, hab irgendwie nicht viel zu Stande gebracht. War mal hier und mal da!
Jumbo: (*mit den Händen herumfuchtelnd*) Was meinst du mit *mal hier und mal da*? Heißt das, du bist durch die Welt gereist und hast fremde Länder erkundet?
Gyrosbrot: Nööö, neenee, ich meinte das ganz ... buchstäblich. HIER (*zeigt auf seinen Schoß*) und DA (*zeigt durchs vergilbte Wohnwagenfenster auf die alte verlassene Fabrik, die seit einigen Jahren an Mittellose vermietet wird und wo Gyrosbrot nun bereits seit über 20 Jahren wohnt*)
Jumbo: Also mit anderen Worten ... außer, dass du jetzt nicht mehr 40, sondern 45 Jahre alt bist, hat sich nichts verändert?
Gyrosbrot: Ich bin schon 45? (*sein Kopf fällt kraftlos gegen Jumbos Schulter*) Wow! (*recht lange Pause*) Das ist krass! (*rafft seinen Schädel wieder auf*) Naja, immerhin habe ich den Wohnwagen hier einigermaßen in Schuss gehalten!
Jumbo: Sehr lobenswert. Und um BlackUndDecki, unseren Papageienvogel, hast du dich selbstverständlich auch gekümmert, nicht wahr? Aller Ehrenwert! Guter Kamerad! (*klopft ihm lobend auf die Schulter*) Wo ist er eigentlich?
Gyrosbrot: Ähm, stimmt. BlackUndDecki. Da war doch was. Den gabs ja auch noch.
Jumbo: Was soll das denn heißen ... *den gabs ja auch noch*?
Gyrosbrot: Naja ... bin nicht ... sicher. Lang nicht mehr dieses nervige Krächzen gehört! Ich meine, sieh es doch mal so. Wenn er nicht krächzt, nervt er ja nicht. Und wenn er nicht nervt, fällt es ja nicht auf, wenn er weg ist.
Jumbo: Gyrosbrot, WO IST UNSER BEKACKTER VOGEL?
Gyrosbrot: (*beschwichtigend*) Ruuhhig, Jumbo. Es ist alles in bester Ordnung. Weil, also, ich hab ihn ja nicht rausgelassen. Folglich müsste er auch noch in seinem bekackten Käfig sein! Ist doch vollkommen logisch.

Jumbo wuchtet sich auf und latscht zum Vogelkäfig, der seit eh und je mitten in der Zentrale von der Decke hängt. Unterdessen fingert Gyrosbrot einen angefangenen Spliff aus seiner Bermudashortstasche, zündet ihn an und zieht genüsslich daran. Jumbo starrt ungläubig in den Käfig.

Jumbo: (*leise*) Du hast den bekackten Vogel verhungern lassen! (*laut*) Dabei hat dieses bekackte Gekrächze den (*sehr laut*) bekackten Wohnwagen erst richtig (*ultralaut*) GEMÜTLICH GEMACHT!
Gyrosbrot: Hör mal, wenn du unbedingt Gekrächze hören willst, dann frag doch mal deinen Onkel Titte, ob er nicht mal für ein Pläuschchen hereinkommen will. Hihihi. Abgesehen davon erinnere ich mich wieder, was mit unserem armen Vogel passiert ist. (*nimmt noch n Zug*) Jaaaa, jetzt fällt es mir wieder ein.
Jumbo: Ich sehe es, Gyrosbrot, da gibt es wohl nicht viel zu sagen. Er liegt versteinert in seinem Käfig!
Gyrosbrot: (*debil grinsend*) Ein kleines Mädchen hat ihn mitgenommen ...
Jumbo: (*langsam und überdeutlich*) Alter, ich sagte es bereits. BlackUndDecki liegt tot in seinem Käfig!
Gyrosbrot: ... sie war hier am Schrottplatz und hörte sein tolles Gekrächze und sie fand es so wunderschön! Hihi ...
Jumbo: Gyros! Er liegt hier tot in seinem bekackten Käfig!
Gyrosbrot: ... und dann habe ich sie gefragt, ob sie ihn haben wolle und sie sagte *ja, liebend gern* und dann habe ich ihr den Vogel gegeben.
Jumbo: (*Halsschlagader*) Gyrosbrot, ich kann BlackUndDecki hier in seinem Käfig liegen sehen. (*Stirnschlagader*) TOT!

Gyrosbrot zieht seine Schultern hoch, breitet seine Hände aus und ringt sichtlich einige Sekunden um passende Worte.

Gyrosbrot: (*gedehnt*) A ... Altersschwäche, Jumb! Der bekackte Vogel war schließlich vierzig Jahre alt. Ahhh ja, jetzt fällt es mir wieder ein, Jumbo, ehrlich. Ich kam eines Tages hier rein und er war tot! Ganz friedlich eingeschlafen lag er da in seinem eigenen

Dreck. So war es gewesen, Soldat. (*hustet Rauch aus Mund und Nase*) Genauso war das.

Jumbo: (*ungläubig*) Du meinst, er ist elendig mit der Fresse in seiner eigenen Scheiße krepiert und du hast ihm nicht mal ein Begräbnis zuteil kommen lassen. Du hast ihn nicht mal aus seinem bekackten KÄFIG GEHOLT?

Gyrosbrot: (*schweres räuspern*) Jumbo, reg dich doch ab! Ich habs versucht. Ehrlich. Versuchs doch selber mal. Du kriegst den versteinerten Vogel aus seiner versteinerten Scheiße da überhaupt gar nicht raus, Mann!

Jumbo: (*fährt sich mit beiden Händen durchs Gesicht*) Du glaubst doch selber nicht, was du da sagst! Das Vieh versteinert doch nicht von heute auf morgen, einfach so!

Gyrosbrot: Nein, das sicher nicht. Habs halt nicht sofort bemerkt, dass er tot war.

Jumbo kehrt zur Couch zurück und lässt sich schnaufend wieder neben Gyrosbrot fallen. Immer noch fassungslos weist er mit offenen Handflächen zum Käfig, begleitet von tonlosen Lippenbewegungen. Dann senken sich seine Schultern. Mit leichtem Kopfschütteln wuchtet er seine Beine wieder auf den Couchtisch.

Kapitel 4

Gefahr aus dem All

Gyrosbrot: Hübsche Sandalen hast du da an. Sind die neu? (*zeigt mit einem fachmännischen Blick auf Jumbos ausgelatschte und zu allen Seiten aufgerissene Schuhefetzen an dessen Füßen*)
Jumbo: Das sind keine Sandalen, das sind Kämmelbuhts.
Gyrosbrot: Ach so ... äh ... deinem Stil treu geblieben. Früher hattest du doch auch immer ein Paar von dieser Marke an!
Jumbo: Das sind die.
Gyrosbrot: Ach so ... du ... äh ... hängst wohl sehr an ihnen.
Jumbo: Gemäß meiner mir eigenen Präzision bei der Darstellung jedweder Umstände oder Sachverhalte darf ich dich darauf hinweisen, dass ich nicht an ihnen hänge, sondern vielmehr in ihnen laufe. Und wenn ich laufe hängen sie eher an mir, als ich an ihnen.

(*Stille*)

Gyrosbrot: (*prustet los*) Pohor, Alter, Jumbo! Du redest ja immer noch genauso bekackt wie damals. Ich kann es kaum fassen. Das muss ich unbedingt Plastikschlitten erzählen. Unser Erster ist der Alte geblieben. Nach so langer Zeit ... kein Stück verändert ... nur halt noch n bisschen fetter geworden ... und die Schuhe sind jetzt Sandalen prrfft (*prustet wieder los*).
Jumbo: (*zitternde Stimme*) Mensch Gyrosbrot, es tut so gut, dich nach all den Jahren gesund wiederzusehen. Du und Plastikschlitten habt mir so gefehlt.
Gyrosbrot: (*überwältigt*) Und du hast uns gefehlt, Jumbo. Ich bin so froh, dass es dir gut geht. Über fünf Jahre habe ich jeden Tag an dich gedacht und gehofft, dass wir uns jemals wiedersehen würden. Jetzt ist es endlich so weit. Ich hab mir mit Plastikschlitten echt die Augen ausgeheult, als wir alle erfahren hatten, dass du nach Afghanistan gehen wirst. Und dann ging ja alles so ...

Jumbo packt Gyrosbrot am Arm und greift hektisch zur Fernbedienung.

Jumbo: (*macht den Fernseher lauter*) Moment mal, Gyrosbrot, sei mal leise!

Reporter: Wir unterbrechen unser Programm für eine wichtige Eilmeldung! Die NASA berichtet, dass das Weltraumteleskop *Habbel* eine unerfreuliche Entdeckung gemacht hat. Es geht um einen Kometen, der direkt auf die Erde zusteuert. Das Objekt mit dem provisorischen Namen 2017H14 sei so groß wie der Mount Everest und rase direkt auf unseren Planeten zu. Nach aktueller Datenlage wird sich der Aufschlag in den Vereinigten Staaten ereignen, vermutlich direkt in Rambo Bietsch, einer kleinen Stadt am Pazifick in der Nähe von Lost Angeles. Am Telefon haben wir nun live unseren wissenschaftlichen Experten Laberald Lusche aus Deutschland zugeschaltet.

Auf der rechten Bildschirmhälfte erscheint ein Mittfuffziger in Opaklamotten mit einem klobigen Telefonhörer in der Hand. Im Hintergrund ein überdimensionales Mondmodell mit einer aufgeklebten Landekapsel der Apollo 11. Darunter ein Pappschild mit der Aufschrift ‚Entmündigt die Zweifler'.

Reporter: Herr Lusche, wie stark sind denn die Auswirkungen für unsere Bevölkerung, wenn ein Komet dieser Größenordnung die Erde trifft?

Lusche: Nun ja, zunächst will ich ganz deutlich darauf hinweisen, dass es absolut keinen Grund zur Panik gibt. Wir Wissenschaftler haben die Situation vollkommen unter Kontrolle, wie ich später gerne noch erläutere. Aber nun zu ihrer Frage. Der Aufprall selber ist Gelinde gesagt ein Schulterjucken im Vergleich zu den Folgekatastrophen eines solchen Einschlages. Zunächst werden beim Eintritt in die Erdatmosphäre die Luftschichten extrem verdichtet und schlagartig ultrahocherhitzt. Die Eintrittsenergie wird weite Teile der Atmosphäre in einen bisher wenig erforschten Aggregatzustand versetzen. Genaueres hierzu können die Zuschauer in meinem Juhutjub-Video *Bose-Einstein-Kondensat mit Küchenutensilien erklärt* erfahren. Einfach auf meinen Kanal *Lusches Kosmos* gehen. Aber das nur am Rande. Also angenommen, der Komet würde eingeschlagen …

Laberald Lusche klemmt sich den Telefonhörer ein und senkt mit der linken Hand langsam eine Kartoffel auf seine rechte Faust.

Lusche: ... breitet sich brennende flüssige Luft mit Mach fünf zu allen Seiten aus (*wildes fuchteln*) und wird mehrere Male den Erdball umrunden. Mit anderen Worten, es bleibt weltweit kein Stein auf dem anderen. Und das ist noch lange nicht alles. Das ist sogar noch der gute Teil der Nachricht. Denn, und das kann man sich gar nicht brutal genug vorstellen, die Folgen für die überlebende Menschheit werden ungleich qualvoller! Jeder einzelne wird auf lange Sicht buchstäblich gekocht, verhungern oder verdursten.

Reporter: Was raten sie unseren Zuschauern, was sie als nächstes tun sollten?

Lusche: Nun ja, im Idealfall machen sie es wie euer Präsident. Schnappen sich ne AirForceOne, machen sich schleunigst vom Acker und suchen Zuflucht in ihrer geheimen, unterirdischen, für jahrelange Aufenthalte ausgerüstete Bunkeranlage.

Reporter: Und wenn man kein Privatflugzeug und keine Bunkeranlage besitzt?

Lusche: Tja ... vielleicht nen netten Grillabend in einer geschlossenen Garage mit seinen Liebsten. Ordentlich Alkohol konsumieren, Grill anlassen und dann vor Ort einpennen und nie wieder aufwachen.

Reporter: Weiß man denn schon einen ungefähren Zeitpunkt, wann mit dem Einschlag zu rechnen ist?

Lusche: Nun ja, das ist schwer zu sagen, da befinden wir uns allenfalls im Bereich der Spekulation. Da wir die genaue Größe des Objekts noch nicht kennen, können wir die exakte Entfernung und die Geschwindigkeit des Brockens noch nicht ermitteln. Aber ich und meine Kollegen arbeiten mit Hochdruck daran. Derzeit gibt es Schätzungen von sieben bis vierzehn Tagen, wie gesagt, je nach Größe des Brockens.

Reporter: Gibt es denn irgendeine Möglichkeit, dieses Scheißding aufzuhalten, vielleicht durch Sprengung? Sie sagten doch eingangs, dass es keinen Anlass zur Besorgnis gibt.

Lusche: Eine Sprengung könnte nur innerhalb der Erdatmosphäre stattfinden, da unsere Raketen ja nicht durchs All fliegen können.

Reporter: (*unterbricht*) Moment mal, warum können unsere Raketen nicht durchs All fliegen?
Lusche: Das ist im Grunde genommen ganz einfach erklärt. (*rückt seine Brille zurecht*) Sie müssen wissen, im All *ist* ja nichts. Und wo nichts ist, gibt es auch keinen Widerstand. Und wo kein Widerstand ist, gibt es auch keinen Schub. Stellen sie sich doch einfach mal einen Brustschwimmer mitten in einem Olympiabecken vor.

Lusche wirft die Kartoffel hinter sich und hält nun eine mit Wasser gefüllte Tuppa-Dose in der einen Hand. Mit der anderen taucht er ein Plehmobilmännchen in das Wasser.

Lusche: Mit kräftigen Armzügen beschleunigt unser Schwimmer. Oder, wie wir Wissenschaftler sagen würden, er entwickelt Vortrieb durch Verdrängung des Wassers. Das Wasser bietet aufgrund seiner spezifischen Trägheit einen Widerstand, welcher, unter Vernachlässigung von Reibungsverlusten, in kinetisches Potential umgewandelt wird. Unser Schwimmer bewegt sich also vorwärts. (*plätschert mit dem Männeken in der Tuppa herum*) Was aber passiert mit unserem Schwimmer, wenn in dem Schwimmbecken vergleichbare Zustände wie im Weltall herrschen?

Laberald Lusche schaut mit großen Augen mitten in die Kamera, gießt lässig mit gestrecktem Arm das Wasser aus der Dose und lässt das Plehmobilmännchen nun an einem Faden in der leeren Tuppa-Dose schweben.

Lusche: Die Vorstellung sollte jedem leichtfallen. Es passiert rein gar nichts. Unser kleiner Schwimmer hier könnte kraulen und furzen bis der Arzt kommt, aber er würde sich kein Fitzel vorwärtsbewegen. Mit dem Wasser haben wir die träge Masse entfernt. Somit auch den Widerstand. Und letztlich ... (*Gesicht ganz nah an der Kamera*) ... den Vortrieb.
Reporter: Das war sehr eindrucksvoll, ich denke, die Zuschauer haben das verstanden. Allerdings drängt sich dann ja nebenbei die Frage auf, wie wir es dann fertiggebracht haben, auf dem Mond zu lan...

In diesem Moment tauchen bei Lusche im Hintergrund zwei Hiwis mit einem Rollcontainer auf und kloppen mit Getöse das Mondmodell in die Tonne und verschwinden wieder.

Lusche: Entschuldigung, können sie die Frage noch einmal wiederholen?

Reporter: (*zögert etwas*) Die Frage ist … äh, zurück zum Thema … also gibt es doch keine Hoffnung mehr, unser Leben und unseren Planeten zu retten, Mister Lusche?

Lusche: Das habe ich nicht gesagt … mir ist da heute Morgen beim Scheißen was eingefallen. Ich habe vor einigen Jahren mal eine spannende Sendung gemacht. Es ging dabei um die Weltformel. Erinnern sie sich? Ich hatte damals zwei Wissenschaftler zu Gast, die angeblich die Weltformel herausgefunden hatten. Sie konnten mit Hilfe eines speziell entwickelten Gerätes Objekte duplizieren oder auch komplett verschwinden lassen.

Reporter: Sie reden gerade von den Brüdern Berthold und Roland Wagner aus Deutschland.

Lusche: Ganz genau, nun ja, viele Leute hielten das damals für ganz plausibel. Ich meine, es war schon ziemlich beeindruckend.

Reporter: Ja, manche hielten es aber auch einfach für einen Trick. Später wurde die ganze Sache in der Presse doch als fauler Zauber dargestellt, unter anderem auch von ihnen, Herr Lusche.

Lusche: Natürlich! Dass ich damals als renommierter Wissenschaftler nicht so mir nichts dir nichts gegen den Strom der Massenmedien schwimmen konnte, ist ja wohl verständlich. Ich habe schließlich auch meine Rechnungen zu bezahlen. Aber bedenken sie doch einmal, (*Kunstpause*) magische Shows, in denen Menschen, Objekte und so weiter verschwinden, gibt es doch in der Tat zu Hauf. In der Regel werden sie aber doch von gescheiterten Existenzen oder Allerweltsfingerakrobaten vorgeführt und nicht von hochdekorierten genialen Wissenschaftlern.

Reporter: Nun gut, aber selbst wenn es diese Formel gegeben und dieses Gerät tatsächlich so funktioniert hat … so ist der ganze Kram nach dem mysteriösen Doppelmord an den beiden Wissenschaftlern doch wohl verschwunden, oder nicht? Die anschließende Suche nach dem geheimnisvollen Gerät hat ja damals auch mächtig Presse gemacht, aber keinen Jota zur Wahrheitsfindung beigetragen.

Lusche: Das ist richtig! Allerdings bin ich seit heute Morgen in Kontakt mit dem Erben der beiden Professoren. Hab ihn nach dem Abwischen direkt angerufen. Und dieser sagte mir, dass er tatsächlich im Besitz eines solchen Manipulators ist, wie er damals in der besagten Show zum Einsatz gekommen war. Ihm fehlt einzig und allein die verschwundene Weltformel. Denn nur in Kombination mit der Weltformel lässt sich die exakte universelle ID eines Objektes berechnen und entsprechen modifizieren. Und nur dann ist es möglich, Dinge eben verschwinden zu lassen, oder zu verdoppeln.

Reporter: Könnten sie mir und den Zuschauern, die noch nicht panikartig in ihr Auto gestiegen sind, um dann irgendwo in einem der Millionen Staus zu verrecken, mal erklären, wie dieses Gerät funktioniert und was es mit der Weltformel auf sich hat?

Lusche: Na klar, hab heute eh nix mehr vor. Es ist so. Die Weltformel, welche die Professoren in einer langen Kneipennacht mit einer Menge Bier und Frikadellen erarbeitet haben, ist zwar wichtig, aber noch nicht das Genialste. Das Genialste ist das, was die beiden in den 20 Jahren darauf durch harte Arbeit, viel Geld und Genialität entwickelt haben. Sie nannten es den Hummi. Eine Art Dekoder, welcher über einen Subraumkanal zu jedem Objekt die zugehörige, einzigartige und universelle ID ermitteln kann. Sie müssen wissen, dass jedwede Materie praktisch aus Zahlen besteht. Die alten Griechen hatten das längst herausgefunden. *Alles ist Zahl* war schon damals die Basis der pythagoräischen Denkschule. *Wenn man erst einmal hinter dieses Geheimnis gekommen ist, braucht man nur noch ein bisschen Mathematik und Energie*, das sagten zumindest damals die Wagner-Brüder in ihrer Show, daran kann ich mich noch gut erinnern.

Reporter: Meinen sie so wie im Kaufhaus, wo auf jedem Produkt ein Strichcode den Preis verrät?

Lusche: Ganz genau, richtig! Oder wie eine ISBN Nummer bei Büchern. Und der Hummi ermittelt genau jene Zahl, die ein beliebiges Objekt besitzt, und kann diese Zahl mit sich selbst auf null bringen, so dass das Objekt verschwindet. Das nannten die Ent-

wickler *Subraum-Subtraktion*. Genauso gut kann der Hummi Objekte verdoppeln, in dem man das Gerät auf das gewünschte Objekt richtet und dann irgendwie auf einen anderen Knopf drückt! So ganz im Detail kann ich das jetzt natürlich auch nicht erläutern.
Reporter: Und wozu benötigt man dann noch die Weltformel?
Lusche: Nun, die Zahl, also die objektspezifische ID, die das Gerät zu einem Objekt ermittelt, ist zunächst unbrauchbar. Bekanntermaßen steht sämtliche Materie in Wechselwirkung zu einander. Man könnte sagen, die Umwelt verfälscht die Nummer des Objektes beim Übertragen auf den Hummi. Diese Interferenzen muss man also erst mit der Weltformel bereinigen. Erst dann hat man die wahre Objektnummer und nur mit dieser kann man das gescannte Objekt auflösen oder verdoppeln. Ich will ihnen das mal an einem Beispiel verdeutlichen ... (*holt einen großen Klumpen Watte und eine rosa Eisprinzessinnen-Bastelkiste hervor*)
Reporter: Äh, danke, Laberald Lusche, für diese Informationen. (*Lusche verschwindet vom Bildschirm, Reporter wieder in Großaufnahme*) Also liebe Zuschauer, wie sie hören gibt es noch eine Minimalhoffnung auf die Rettung unseres schönen Planeten. Wie mir soeben von der Regie mitgeteilt wurde, lobt die Bilderberger-Truppe zusammen mit dem Vatikan eine Belohnung in Höhe von nicht weniger als zehn Trilliarden Dollar aus. Zur Wiederbeschaffung der Weltformel. Wer also die Weltformel besitzt, findet oder neu berechnet, kann sich unter der ab sofort weltweit durchgehend eingeblendeten Telefonnummer melden. Soweit die aktuellen Meldungen, bleiben sie entspannt.
Jumbo: (*aufgeregt, schaltet die Glotze aus*) Gyrosbrot, zehn Trilliarden Dollar!
Gyrosbrot: (*gedehnt*) Ist das alles, was dir einfällt? Wir hören grade, dass unsere bekackte Welt untergeht und du denkst an die bekackte Kohle? (*priesterliche Armbewegung*) Was willst du denn mit zehn Trilliarden Dollar ... anstellen, ... wenn die bekackte Welt untergegangen ist?
Jumbo: Ich glaube, du hast dir schon zu viel von diesem Zeug reingepfiffen! Wenn wir die Weltformel besorgen, dann kriegen wir nicht nur die bekackten Moneten, sondern retten gleichzeitig noch die bekackte Welt!

Gyrosbrot: Ah, verstehe!

Jumbo: Na endlich, prima. Dann ist ja alles klar. Die drei Paragraphenzeichen haben also einen neuen Fall. Ich geh mal kurz rüber, ne Runde kacken. Du checkst inzwischen mal die Telefonanlage und die Internetverbindung. Und schaff unseren armen versteinerten BlackUndDecki hier raus.

(*Musik*)

Kapitel 5

Paragraphenzeichen Reloaded

Frisch geschissen und voller Elan entert Jumbo die Zentrale.

Jumbo: So, Gyrosbrot, zunächst müssen wir alles recherchieren, was mit der Weltformel, dem Dekoder, dem Kometen und so weiter zu tun hat! (*schnappt sich die angefangene Schippstüte, setzt sich aber nicht*)
Gyrosbrot: Und das soll ich jetzt alles machen, oder was?
Jumbo: Nee, besser nicht, dafür haben wir doch ... (*Handvoll Schippse reindrückend*) ... wo if eigentlich Plaftikflitten?
Gyrosbrot: Plastik... wer?
Jumbo: (*würgt runter*) Schlitten!
Gyrosbrot: (*schüttelt hilflos mit dem Kopf, öffnet seine Hände*)
Jumbo: Plastikschlitten Erdnuss! Unser letzter Detektiv!
Gyrosbrot: Ach der! Ich kenn so viele Plastikschlitten, weißt du? Nun, ... (*räuspert sich*) ... ja, das war n Ding ... das mit Plastikschlitten.
Jumbo: (*ungeduldig*) Was ist passiert? Wo ist er? Mach es doch nicht so spannend! Oder liegt der etwa auch irgendwo versteinert in seiner Scheiße?
Gyrosbrot: Naja. Als du damals weg warst, war *ich* ja irgendwie der erste Detektiv und da hab ich ihn zunächst einmal zum Recherchieren in die Bibliothek geschickt. Plastikschlitten, meine ich. So, wie du es sonst getan hättest. Ich hatte jedoch vergessen, ihm zu sagen, *wonach* er recherchieren sollte. Also hat der Penner angefangen, sämtliche Bücher und das komplette Tausend Terrabyte große elektronische Archiv zu kopieren und auszudrucken. Und weil er wohl keinen Bock hatte, 80 Millionen mal mit seinem bekackten Fickschlitten hin und her zu fahren, hat er nen bekackten Muldenkipper vom Steinkohletagebau geklaut und wollte damit die erste Fuhre seiner Ermittlungsergebnisse in die Zentrale bringen. Du musst wissen, dass er, also Plastikschlitten meine ich, zu dem Zeitpunkt bereits zwei Tage lang nicht geschlafen hatte. Ist dann halt unterwegs eingepennt und hat auf fünfhundert Meter

Highway achtundneunzig Autos geschrottet. Im anschließenden Schnellverfahren bekam er fünf Jahre ohne Bewährung und ohne Besuchserlaubnis. (*greift sich ordnend in die Hose und verlagert sein Gewicht auf die rechte Arschbacke*) Wie auch immer, als er damals zwei Tage lang nicht in der Zentrale aufgetaucht war, bin ich also mit meinem Emschi hin zur Bibliothek, um nach dem Rechten zu sehen. Unterwegs war dann Vollsperrung auf dem Highway. Ein schrecklicher Unfall hätte sich ereignet, sagte man mir. Ein riesiger Muldenkipper sei von der Fahrbahn abgekommen und durch die Mittelbegrenzung in den Gegenverkehr gerast. Wie später bekannt wurde, entstanden fast zwanzig Millionen Dollar Sachschaden und hundertfünfzig Personen wurden verletzt. Das Ausmaß der Verwüstung war echt … krass, würde ich mal sagen. Naja, ich wollte gerade auf eine Nebenstrecke ausweichen, da bemerkte ich, dass tonnenweise Papier auf hunderten von Metern überall zwischen den Autowracks verteilt war. Und dann kam ein Mannschaftswagen der Polizei durch die Absperrung und fuhr an mir vorbei. Auf der Rückbank saß Plastikschlitten, schätze in Handschellen, und wurde von zwei Polizisten verdroschen. (*reißt die Füße vom Tisch und kloppt Jumbo auf den Oberschenkel*) Ach, ehm, wasn Zufall! Er wird heute Nachmittag entlassen. Deswegen habe ich auch heute Morgen extra frische Sachen angezogen. Ich war grade auf dem Weg zur Haftanstalt, um ihn abzuholen. Da rief mich dann deine Mante auf meinem Mobiltelefon an und erzählte ganz aufgeregt, dass du heute zurückkommst und ob ich nicht wenigstens n bisschen Ordnung schaffen könnte, hier in deiner geliebten Zentrale. Ach und ne neue Schippstüte sollte ich dir in das Regal legen. (*streckt den Kopf nach hinten über die Lehne*) Das hab ich jedoch leider nicht mehr geschafft.
Jumbo: (*hält beim Schippsefressen inne, glotzt auf das Mindesthaltbarkeitsdatum*) Das ist die erste Schippstüte, die mir abgelaufen ist. (*zuckt mit den Schultern und frisst weiter*) Und Plastikschlitten? Er wird doch sicherlich schon ganz ungeduldig auf dich warten, wenn du ihn doch heute abholen wolltest.

Gyrosbrot: (*Kopf baumelt nach vorne auf die Brust*) Ja, sicherlich. (*Pause*) Ich denke schon. (*Pause*) Wird wohl so sein. (*lange Pause, Jumbo starrt ihn die ganze Zeit an.*) Wartet bestimmt ... der liebe Plastikschlitten, was soll er auch sonst machen. Rausgehen darf er ja nicht, hihi, er muss verraten und verkauft oder abgeholt werden.
Jumbo: Na worauf warten wir dann noch? Lass uns keine Zeit verlieren, wir holen ihn da raus.
Gyrosbrot: (*schüttelt sich und springt auf*) Okay, okay. Dann lass uns gehen!
Jumbo: Sensationell, dann sind die drei Paragraphenzeichen ja bald wieder vereint.
Gyrosbrot: Äh, heißt das, du willst einfach so weitermachen?
Jumbo: Weitermachen?
Gyrosbrot: Na, du meinst, wir sollen wieder Detektive werden?
Jumbo: Gyrosbrot! Einmal Detektiv, immer Detektiv und jetzt lass uns los. Es gibt viel zu tun.
Gyrosbrot: (*fällt wieder auf die Couch, lässt die Schultern hängen*) Viel zu tun? Das klingt irgendwie stressig, Jumbo.
Jumbo: Na klar, du hast es erkannt. Aber es geht hier um nichts Geringeres, als darum, unser Land zu retten, Zweiter. Und das geht nun mal nicht, wenn man mit nem angekauten Joint auf ner Couch rumgammelt! Ab sofort ist Schluss mit dem sinnbefreiten Herumgetrödel. Ich regressiere dich und hilfsweise deine Ahnen eingedenk unserer trilateralen Verschworenheit. Mit dem Saft unserer Adern haben wir einst der Hoffnungslosigkeit entsagt und uns für alle Zeiten der unentgeltlichen Umtriebigkeit im Namen von Aufklärung, Gerechtigkeit und Geheimnissen aller Art verschworen.
Gyrosbrot: Oh Jumbo, kannst du dich nicht mal normal ausdrücken?
Jumbo: Gyros, wir stecken mitten in einem neuen Fall. Erhebe sofort deinen Arsch! Wir müssen Plastikschlitten aus dem Knast holen! Ich hab kein Bock darauf, die Drecksarbeit selbst zu machen, außerdem könnte die Zentrale eine Grundreinigung vertragen! Oder willst du etwa den Arschloch-Posten übernehmen (*weist mit seinem Kopf und den ausgebreiteten Armen übertrieben wedelnd in der Zentrale herum*)?

Gyrosbrot: Na gut. (*holt tief Luft*) Hast ja recht. (*wie ausgewechselt, springt von der Couch auf*) Auf gehts, Chef! (*salutiert*)
Jumbo: Moment! Wir haben überhaupt kein Willkommensgeschenk. (*am Sack zupfend*) Hm ... aber klar!
Gyrosbrot: Was, na klar? Also ich sehe schon seit Jahren nichts mehr klar. Hehe!
Jumbo: Das ist es!
Gyrosbrot: Was ist was?
Jumbo: Natürlich!
Gyrosbrot: Man Jumb! Jetzt komm endlich zur Sache!
Jumbo: Ich habs!
Gyrosbrot: Was hast du?
Jumbo: Was wir machen können!
Gyrosbrot: Und was können wir machen?
Jumbo: Wir basteln Plastikschlittens VW Käfer wieder zusammen.
Gyrosbrot: Den was?
Jumbo: Seinen bekackten gelben Käfer! Ein Automobilfabrikat der Firma Volkswagen, auch VW genannt, aus Deutschland! Als damals ein Diktator namens Hitler ein Wagen bauen lassen wollte, den sich jeder Mensch leisten konnte, hat ein Automobilfabrikant namens Doktor Ferdinand Porsche aus Stuttgart die Konstruktion entwickelt, die später unter dem Namen ‚Käfer' oder auch ‚Beatle' weltberühmt wurde und das meist verkaufte Automobilmodell aller Zeiten wurde. Einige Jahre später …
Gyrosbrot: Herrgott, verdammt noch mal, ich weiß was ein Käfer ist. Meine Frage bezog sich darauf, dass ich nicht glaube, dass wir seinen Käfer von damals jemals wieder zum Laufen kriegen. Meinst du wirklich Plastikschlittens originalen gelben Käfer von damals?
Jumbo: Ja, den Schrotttrest hab ich doch grade noch gesehen. Den bringen wir doch ruckzuck wieder in Ordnung. Gyrosbrot, du hast doch früher auch schon immer an Dingen rumgefummelt, die völlig verkrüppelt irgendwo rumgammelten und hast sie irgendwie wieder zum Funktionieren gebracht.
Gyrosbrot: Meinst du Autos?
Jumbo: Wie viele Kinder hast du?

Gyrosbrot: (*zögert kurz*) Keine.
Jumbo: Dann rede ich von Autos. Komm, wir sehen uns die Karre mal an. Die kriegen wir doch ruckizucki wieder hin. Wir rufen einfach im Knast an und sagen, dass wir etwas später kommen.

(*Musik*)

Etwas später. Jumbo steigt aus dem Käfer aus. Gyrosbrot fällt erschöpft auf den Bürgersteig. Vor ihnen erhebt sich ein nüchterner Bau mit Nato-Draht-Mauern und Wachtürmen an den Ecken. Jumbo erschaudert allein bei dem Anblick. Wie viele ihrer damaligen Gegner waren wohl hier gelandet? Im Sicherheitstrakt des allgemeinen Zuchthauses von Santa Rhabarbara. Hier müssen Leute ihr Dasein fristen, weil ein paar übermotivierte Jungs, wie sie es waren, meinten, gut versicherte Museumsgegenstände zurückzubringen und die Menschen, die mit dem Geld der erbeuteten Kunstgegenstände ihren kranken Familienangehörigen eine von den Krankenversicherungen nicht bezahlte Operation bezahlen wollten, der Gerechtigkeit zu führen zu müssen. Egal, nun ist es Plastikschlitten, der hier einsitzt und den sie nun brauchen. Gyrosbrot und Jumbo nähern sich respektvoll dem eisernen Tor. An der Tür klingeln sie, bis ein leichtes Rauschen durch das kleine Gitter links neben der Tür zu hören ist.

Jumbo: Hallo!
Gegensprechanlage: Hallo!
Jumbo: Wir wollen hier rein.
Gegensprechanlage: Da seid ihr die ersten hö hö hlö aöhöröchelhöckröröchel ...
Gyrosbrot: (*schiebt Jumbo an die Seite*) Lass mich mal, Erster. (*mit dem Mund direkt vor dem Lautsprecher*) Ich will in den Zwölwerscheiß treten.
Gegensprechanlage: Passt auf Jungs, verpisst euch schleunigst, oder ich lasse euch erschießen.
Gyrosbrot: (*schielt zum Wachturm*) Jahahehe, Moment mal, wir wollen hier doch nur jemanden abholen, der heute entlassen wird.
Gegensprechanlage: Ach so, sagt das doch gleich.

Ein Summen ertönt, Jumbo und Gyrosbrot treten ein und gelangen durch einen fensterlosen Korridor in einen umkleidekabinenähnlichen Raum.

Lautsprecher an der Decke: Bitte machen sie ihre Marihuanazigarette aus! Sonst könnse gleich n paar Jahre hierbleiben!
Gyrosbrot: Äh, ja, schon gut, äh, schon erledigt! (*lässt die Kippe auf den Boden fallen und zerschmirgelt sie mit seinem rechten Schuh*)
Lautsprecher an der Decke: Legen sie nun bitte alle metallenen Gegenstände in die Box auf dem Tresen.

Jumbo greift in seine Hosentaschen und wirft seine Uzi, eine 45er Magnum, einen 38er Colt und ein angebissenes Käsebrot in die Kiste. Gyrosbrot legt eine Zigarettenbox, eine Marihuana-Pfeife, einen aluminiumverpackten Klumpen, drei Feuerzeuge, einen einzelnen Schlüssel und ein rostiges Dietrich-Set mit hinein.

Lautsprecher an der Decke: Okay. Geht durch die Tür!
Jumbo: Na los, komm Gyrosbrot!
Gyrosbrot: Nein, Mann! Wir müssen hier rechts rum!
Jumbo: Du sagtest doch, dass Plastikschlitten fünf Jahre hier gesessen hat, ohne Besuch zu empfangen, Gyros! Woher weißt du denn wo lang wir müssen?
Gyrosbrot: Naja, ich selbst habe zwischendurch auch mal ein paar Monate hier verbracht! (*schlägt sich mit der flachen Hand vor die Stirn*) Ach jooh, deshalb ist der bekackte Vogel in seinem eigenen Dreck krepiert! Ich konnte mich ja gar nicht um ihn kümmern. Siehst du Jumbo, es war nicht meine Schuld, Mann!
Jumbo: (*väterlich*) Natürlich nicht! (*agro*) Hattest keine Sekunde Zeit, ihm wenigstens den BEKACKTEN KÄFIG AUFZUMACHEN, ODER WAS?
Gyrosbrot: (*kleinlaut*) Es ging halt alles unglaublich schnell ...

In diesem Moment öffnet sich die gegenüberliegende Tür und eine bezaubernde junge Frau lächelt sie an.

Sozialarbeiterin: Hallo, ihr wollt zu Mister Erdnuss?
Jumbo: Ja, Miss ...
Sozialarbeiterin: Samantha, nennt mich doch einfach Samantha.

Jumbo: Gern, Sa...
Gyrosbrot: (*hin und weg*) Ohhh, Samähhhhnthaaaaa!

Gyrosbrot nimmt ihre Hand und führt sie mit einer unvermutet galanten Verbeugung und übertriebenem Ausfallschritt so an seinen Mund heran, dass seine Lippen die duftende Haut nur fast berühren.

Gyrosbrot: Djähmmapell Gyrosbrot, Mattmoahsell Sämääääähnsssssssaaa!

Jumbo guckt den Zweiten strafend an, schupst ihn dann mit seinem massigen Gewicht seitlich gegen die nächste Wand, so dass er selbst nun vor Samantha steht.

Jumbo: Sie müssen Mister Scraw schon verzeihen. Er hat keine Ahnung, dass wir nicht mehr im Mittelalter leben. Die Frau von heute will natürlich gleichberechtigt sein und unabhängig auf Augenhöhe mit dem Männervolk leben.

Jumbo schnappt sich Samanthas Hand und schüttelt sie kräftig durch, während er sich vorstellt.

Jumbo: Hay, Alter! Ich bin Jumbo! Was geht so?

Jumbo formt zum Schluss mit beiden Händen das Heavy-Metal-Zeichen und geht wie ein Hipphopper ein wenig in die Knie, um Samantha schräg von unten fragend anzuschielen. Samantha ist wenig beeindruckt und wendet sich der Tür zu. Jumbo folgt ihr.

Gyrosbrot: (*rappelt sich wieder auf*) Aua, du arschgesichtiger Fettlappen, das tat weh, Mann! He, wartet auf mich ...
Samantha: Ich begleite Mister Erdnuss bereits seit vielen Jahren. Er ist ein guter Mensch. Ich habe nie die Höhe seiner Strafe verstanden.
Jumbo: Mit Verlaub, Sir, sie haben ihn ja auch noch nie bei der Recherche erlebt.
Gyrosbrot: Jumbo, was soll die Kacke mit dem *Sir*? Das ist eine bekackte Lady!
Jumbo: Gleichberechtigung, Gyrosbrot! Wir sollten jeden gleich ansprechen! Egal ob er Mann or Frau ist! Dafür haben die be-

kackten Frauen Jahrhunderte lang gekämpft. Sie haben sich das verdient!
Samantha: (*erschrocken*) Wie haben sie beide mich grade genannt?
(*gleichzeitig*) **Jumbo:** Sir! **Gyrosbrot:** Lady!
Samantha: *Bekackt*?
Jumbo: (*während Gyrosbrot antwortet*) Also, das ham se falsch verstanden. Das ist mehr so ne Redewendung, die wir eigentlich in jedem Zusammenhang benutzen. Wir betrachten es als Füllwort, um vornehmlich Objekte des Genitivs, Dativs, Akkusativs oder Ablativs möglichst sinnfrei und doch bedeutsam anzureichern. Das lockert die Atmosphäre auf und ist fester Bestandteil unserer Gesprächskultur. *Bekackt* steht dabei symbolisch für etwas Wichtiges, also eine Sache oder eine Person, der wir besondere Wertschätzung entgegenbringen. Der berühmte Kommunikationsforscher Paul Watzla...
Gyrosbrot: (*während Jumbo antwortet*) So was habe ich nie gesagt. Im Gegenteil, ich habe gesagt, dass sie eine bekackte Lady sind! Aber, hehe, das verstehen sie doch jetzt nicht falsch, oder? Ich bin auch bekackt. Sehen sie mich an. *Ich* bin der bekackte *ich*. Verstehen sie? Wir sind alle bekackt. Oder bekackte Bekackte, wenn sie so wollen. Das heißt aber ganz und gar nicht, dass wir sie doof finden, ganz im Gegenteil. Ich finde sie toll und stelle mir schon seit fünf Minuten vor, dass ich ihnen meine hammerharte Semmelgur...

Samantha ist kommentarlos weitergegangen. Jumbo und Gyrosbrot verstummen und gehen ihr nach.

Samantha: Mister Erdnuss hat nicht nur fünf Jahre ohne Besuch auskommen müssen ... er durfte in der Zeit auch kein einziges Buch lesen. Das machte ihn so wahnsinnig, dass er alles, was er zufällig irgendwo lesen konnte ständig wiederholte, manchmal nächtelang. Da die Gefängnisleitung der Meinung war, dass auch das gegen den Maßregelvollzug des Mister Erdnuss verstoßen würde, wurde beschlossen, ihn nur noch im Dunkeln aus der Zelle zu lassen. Das Licht in seiner Zelle wurde nur noch unter strengster Kontrolle angemacht, weil er sonst heimlich mit Schweiß, Blut und Tränen irgendwelche perversen Texte an die Wand geschrieben hätte, um sie sich selber vorzulesen.

Samantha bringt die beiden Detektive in einen großen fensterlosen Raum. Von der Decke funzelt eine nackte Glühbirne. Der Boden ist knietief mit Sägespäne bedeckt. Mitten drin steht ein Plastik-Klappstuhl, darauf sitzt Plastikschlitten.

Samantha: Guten Tag, Mister Erdnuss! Hier sind ihre Freunde, Jumbo und Gyrosbrot!

(*ratsch ... ratsch ... ratsch*)

Jumbo: Hallo Plastikschlitten!
Gyrosbrot: Ja, hallo, Plastikschlitten, altes Haus! (*um die Stimmung aufzulockern*) Na, Bock auf n Pita?

Plastikschlitten sitzt breitbeinig dort und schnitzt mit einem großen Buschmesser grobe Späne von einem Stock, der wohl vor kurzer Zeit noch ein Mammutbaum gewesen sein mochte. Jedenfalls der gewaltigen Menge gelber gekringelter Holzabschabungen nach zu urteilen.

(*ratsch ... ratsch ... ratsch*)

Jumbo: Plastikschlitten! Hey Plastikschlitten!

Plastikschlittens Blick richtet sich langsam auf. Seine Augen sind klein und wirken etwas grimmig.

Gyrosbrot: Plastikschlitten, wir sinds, deine Freunde, Jumbo und Gyrosbrot. Du weißt doch noch, drei Paragraphenzeichen und so.

Plastikschlitten wischt das Messer an seiner orangenen Knastjacke ab und steckt es zurück in die Messer-Fotze, die seitlich an seinem Gürtel hängt.

Gyrosbrot: W..w..w... woher hat er dieses riesige Messer bloß?
Samantha: Ich habe es ihm gegeben. Schließlich ist er ja offiziell entlassen. Deshalb gelten die Knastregeln für ihn nicht mehr. Ich musste ihn irgendwie bei Laune halten, als er hier darauf wartete, abgeholt zu werden.

Jumbo: (*schiebt sich vor Samantha*) Ja, es ist richtig, lieber Plastikschlitten. Wir haben uns etwas verspätet. Aber nur, weil wir noch ein wenig an der Überraschung für dich gebastelt haben. Es gestaltete sich allerdings nach Startschwierigkeiten noch aufwendiger, als wir es von vornherein eh schon dachten, dass es werden würde, was, wenn man unsere guten Absichten aus tiefer Verbundenheit zu dir an erster Position in Rechnung stellt, uns zwar nicht völlig von dieser zeitlichen Verfehlung freispricht, aber geringstens keinen Anlass zu Missmut deinerseits unseretwegen gibt.
Plastikschlitten: (*erhebt sich vom Stuhl*) Kannst du dich nicht *einmal* normal ausdrücken, Jumbo? Noch nicht einmal zur Begrüßung, nachdem wir uns fünf Jahre nicht gesehen haben?
Jumbo: Also ich meine, dass mir ...
Plastikschlitten: (*fällt Jumbo ins Wort*) Ach mir? Wies mir geht, will hier keiner wissen? Prächtig! (*beschießt Jumbo und Gyrosbrot wütend mit Holzspäne*) Mir geht es toll. Ich habe mich fünf Jahre nach dem Tag gesehnt, an dem ich entlassen werde. Fünf Jahre hab ich jeden einzelnen Tag, jede einzelne Stunde, ach was, jede bepisste Sekunde runtergezählt. Und am Ende war ich endlich bei Null! Und dann, hahaha, wie merkwürdig ist das denn? Ich bin immer noch hier!
Jumbo: Ja, Plastikschlitten, aber der Tag ist ja noch nicht rum.
Samantha: Doch! Dieser Tag war vor genau fünf Tagen.
Plastikschlitten: Wisst ihr, dass mir jeder der letzten fünf Tage so lang vorkam wie die kompletten scheiß fünf Jahre davor?
Samantha: Sein Entlassungstermin war am letzten Freitag. Als sie sagten, dass es etwas später werden könnte, konnte ja keiner ahnen, dass es fünf Tage werden würden. Mister Erdnuss hat die letzten vier Nächte hier auf den Kacheln übernachtet. Rechtlich gesehen durften wir ihn nicht wieder in die Zelle stecken, allerdings auch nicht einfach auf die Straße entlassen.
Jumbo: Plastikschlitten, das tut uns leid. Aber wenn du siehst, was für eine tolle Überraschung wir dir bereitet haben, wirst du die zusätzliche Wartezeit mit ganz anderen Augen sehen.
Gyrosbrot: Genau, du wirst aus dem Staunen gar nicht mehr herauskommen, ehrlich.

Plastikschlitten ist nun doch neugierig geworden und verzeiht seinen beiden Freunden erst einmal unter Vorbehalt die Verspätung und zusammen mit Samantha treten sie gemeinsam den Rückweg an. Während dessen beginnt Jumbo zu schwafeln.

Jumbo: Um uns als Seniordetektive bei den örtlichen Behörden wieder ins Gespräch zu bringen und zukünftig auch wieder Vertrauensvorschuss aus dem gemeinen Volk zubekommen, bin ich noch zur Polizeistation gefahren, um dort ein neues Empfehlungsschreiben unterzeichnen zu lassen. Kocker war nicht da. Aber seine Sekretärin konnte sich erinnern, dass ihr Chef mal was von einem Eunuchen erzählt hat, der sich ständig in die Polizeiarbeit eingemischt hat. Damit war wohl ich gemeint. Jedenfalls war sie mir gegenüber sehr kooperativ und gab mir den Tipp, meine vorgefertigte Empfehlung doch von der Putzfrau unterschreiben zu lassen. Die Frau konnte nicht lesen und ich witterte meine Chance. Ich ließ sie das unterschreiben, in dem Glauben, es ginge um eine Lieferung von bekacktem Scheißhauspapier.
Plastikschlitten: Zeig doch mal!
Jumbo: Gern, hier.
Gyrosbrot: (*murmelt, seinem Zeigefinger auf der Visitenkarte folgend*) Der Inhaber dieses Ausweises ist ehrenamtlicher Seniordetektiv und Mitarbeiter der Polizei in Rambo Bietsch. Es wird jede Unterstützung von dritter Seite befürwortet. Unterschrift, Else Schnickenfittich, Putzfrau in der 3. Etage des Polizeiflurs hinten links.
Plastikschlitten: (*klatscht in die Hände*) Klasse! Das heißt, wir sind wieder Detektive?
Jumbo: Natürlich Plastikschlitten! Und wir haben auch schon einen Fall!
Plastikschlitten: Ach ja? Welchen denn?
Gyrosbrot: Wir müssen den Kometen aufhalten, der auf Rambo Bietsch zurast. Unsere Welt steht kurz davor, vollständig eingeäschert zu werden, wenn wir es nicht verhindern.
Plastikschlitten: Ein Komet rast auf Rambo Beach zu? Das ist ja mal ne schlechte Nachricht! Warum hat mir das keiner erzählt? (*guckt Samantha vorwurfvoll an*)

Samantha: Ich denke, diese Information hätte das Warten auf die beiden Vollpfosten hier noch unerträglicher für sie gemacht!
Plastikschlitten: Da könn sie einen drauf lassen! Das wäre ein Weltuntergang für mich gewesen. Aber wenn der Komet einschlägt, ist das ja auch irgendwie n Weltuntergang ... (*kratzt sich am Kopf*)
Jumbo: (*hebt den rechten Zeigefinger*) Also buchstäblich gesehen, ist das nicht das geeignete Wort für einen Kometeneinschlag, ich mein ...
Plastikschlitten: (*ignoriert Jumbo völlig*) Hey, wir müssen BlackUndDecki frei lassen. Dann schafft *er* es wenigstens noch rechtzeitig aus der Stadt raus! Los, Leute, n bisschen schneller!
Gyrosbrot: Tja, Plastikschlitten und jetzt kommt die zweite schlechte Nachricht ...

Gyrosbrot erzählt Plastikschlitten vom Dahinscheiden ihres treuen Plappervogels. Seitdem stützen Jumbo und Gyros den heulenden Plastikschlitten mit dessen Armen um ihre Näcken, da er vor Trauer kaum noch laufen kann. Nach mehreren Schleusen kommen die drei Paragraphenzeichen und Samantha an die Hauptschleuse.

Samantha: (*hält den Dreien die Tür auf*) So, ich verabschiede mich jetzt schon mal, muss noch etwas von meiner Löffelliste streichen.
Plastikschlitten: (*fängt sich wieder ein bisschen*) W..w...was ham sie denn vor?
Samantha: Es ist gerade Essensausgabe in der großen Mensa und ich werde mich dort als Sexsklavin anbieten!
Plastikschlitten: (*plötzlich wieder heiter, löst sich von Jumbo und Gyrosbrot*) So, machts gut Jungs! Ich bleib doch noch ne Weile hier, ich habe gerade mächtig Hunger bekommen. Ich komme dann später zu Fuß nach, wartet nicht auf mich, yeah, schlagt ein! (*hebt die Hand zum Abklatschen*)
Jumbo/Gyrosbrot: (*mit erhobenen Zeigefingern und Sabber in den Münderwinkeln zu Samantha*) Ich bin schuldig! Ich komme auch mit!
Samantha: Das geht leider nicht. Sex unter Freunden ruiniert immer alles. Das will ich nicht riskieren!

Plastikschlitten: Das ist doch Quatsch. Das wäre dasselbe, als könnte man ein Eis mit Schokoraspeln ruinieren.
Samantha: (*küsst Plastikschlitten auf die Wange*) Bye!

Die drei Paragraphen schauen der arschwackelnden Sozialarbeiterin noch so lange nach, bis sie um die Ecke verschwindet. Auch danach schauen die drei Paragraphen noch lange in diese Richtung, jeder mit einem ähnlichen Kopfkinoerwachsenenfilm. Dann hören sie die Sozialarbeiterin durch die Weiten der Flure. Wild. Willig. Ekstatisch.

Samantha: (*von weit weg*) So Jungs! Es gibt Nachtisch!

Wildes Männergrölen, umstürzende Tische und mächtiges Getöse ist zu vernehmen. Darauf folgen Brunftgeräusche und Samanthas spitze Schreie. Jumbo erigiert. Auch seine Hilfsdetektive bekommen eine Latte. An der Hauptschleuse stehen nun in gewissem Sinne sechs Paragraphen. Der Oberschleusenwart unterbricht diese Situation, in dem er eine Schachtel unter dem Pult hervorkramt und sich vernehmlich räuspert, eine Brille aufsetzt und beginnt den Inhalt herauszunehmen.

Gyrosbrot: (*wendet sich um*) Du kannst deine Zunge wieder reinholen und den Arm wieder herunternehmen, Plastikschlitten! Wir kommen hier nicht zum Zug. Schau lieber dort, du bekommst deine Sachen wieder.

Die drei wenden sich dem uniformierten Wachmann an einem abgeranzten Billig-Furnier-Kinder-Schreibtisch zu.

Oberschleusenwart: Einen Mickymauspullover, eine Unterhose mit braunen Streifen, eine blaue Karottenjeans, Tennissocken, eine Plastik-Digitaluhr, ein unbenutztes Kondom und ein Campingwohnwagenschlüssel. Tja, Mister Erdnuss, wir alle werden sie hier sehr vermissen.
Plastikschlitten: Tja, danke, Jim, ich wäre auch gern noch n bisschen geblieben!
Jumbo: Ich auch!
Gyrosbrot: Ich auch!

Plastikschlitten verabschiedet sich emotionslos auch von den anderen Wärtern, die in ihrer Pokerrunde innegehalten hatten. Jumbo und Gyrosbrot nehmen Plastikschlitten in die Mitte und gemeinsam verlassen sie das Gebäude. Draußen angekommen halten sie inne und warten, bis das große eiserne Doppelflügeltor mit quietschendem Getöse einrastet.
Die Sonne brennt. Kleine Sandteufel wirbeln den Staub der Straße auf. Plastikschlittens gebückte Gestalt beginnt sich zusehends aufzurichten und ein Strahlen erobert sein blasses Gesicht.

Plastikschlitten: Hey, das ist ja mein alter Käfer!
Gyrosbrot: Wir haben ihn in den letzten fünf Tagen komplett restauriert, neu aufgepolstert und ein zeitgemäßes Soundsystem installiert.
Jumbo: Außerdem haben wir es uns nicht nehmen lassen, einen etwas leistungsstärkeren Motor einzubauen. Es ist ein 4-Zylinder aus einem Porsche 356.
Plastikschlitten: Wow!
Gyrosbrot: Hier, die Schlüssel.
Plastikschlitten: Ihr seid echt die besten Freunde! Das hab ich doch gar nicht verdient.
Gyrosbrot: Und ob du das nicht verdient hast (*grinst*)
Jumbo: Bist doch unser Dritter. Steig mal ein!

Plastikschlitten umarmt seine beiden Freunde. Jumbo hat den Eindruck, dass es nicht wegen des Autos ist. Auch Gyrosbrot empfindet diesen Hauch von Sehnsucht. Die Szene ist ergreifender, als wir sie hier schildern können.

Genießen wir einen Moment diese emotionale Wiedervereinigung.

Jumbo überreicht Plastikschlitten mit feierlicher Geste den Autoschlüssel. Plastikschlitten deutet eine gratifizierende Verbeugung an und rammt den Schlüssel in das Schloss.

Gyrosbrot: (*hektisch*) Halt, Vorsicht mit der Tür!

Plastikschlittens Arm wird beim Öffnen der Tür mit einem hörbaren Knacken im Schultergelenk abrupt abwärts gerissen.

Plastikschlitten: Aua, was ist *das* denn?
Gyrosbrot: Äh, das Türscharnier ist etwas ausgeschlagen! Warte, wir heben dir die Tür wieder rein!

Die Tür war auf den Bordstein geschlagen und hatte dort eine Menge gelber Lacksplitter und bröselige Spachtelmasse hinterlassen. Gyrosbrot richtet die Tür auf, streckt sein Kinn zweimal in Jumbos Richtung und gemeinsam wrangeln sie die Tür mit etwas Wucht zurück in das Loch, das Ferdinand Porsche extra hierfür ausgespart hatte.

Plastikschlitten: (*inzwischen durch die Beifahrertür hineingekrabbelt*) Wollt ihr nicht auch einsteigen?
Jumbo: Ja, ich komme! (*hechtet um das Auto herum auf den Beifahrersitz*) Los gehts, Kollegen.
Plastikschlitten: Was ist mit Gyros?
Jumbo: (*grinsend*) Naja, einer muss doch schieben! (*dreht den Kopf nach hinten und brüllt*) Los, Gyrosbrot, auf zur Zentrale! (*zum etwas enttäuscht dreinblickenden Plastikschlitten*) Bei dem Verkehr ist mehr als Schrittgeschwindigkeit eh nicht möglich. Wirst du gleich sehen. Die Ratten verlassen das sinkende Schiff. Beziehungsweise die Stadt!
Plastikschlitten: Ich hatte mir das irgendwie anders vorgestellt. Sagtest du nicht etwas von einem Porschemotor?
Jumbo: Ja, dass wir ihn eingebaut haben. Nicht, dass er funktioniert, Plastikschlitten. Du musst lernen, genau zuzuhören. (*schnallt sich an*) So, Kinder, dann wollen wir mal.

(*Musik*)

Kapitel 6

Auf Augenhöhe

Auf dem Schrottplatz fängt Tatilda die drei Detektive ab.

Tatilda: Ach, das passt ja gut, ihr drei, hallo Plastikschlitten, und Jumbo, Gyrosbrot, kommt doch in die Küche. Ich habe für euch gekocht, um das mit dem Kaffee und dem Kuchen wieder gut zu machen. Und Plastikschlitten ist bestimmt froh, nach dem ganzen Gefängnisfraß mal wieder eine ordentliche Mahlzeit zu sich zu nehmen. (*freundlich*) So, los ihr Lümmel, sonst wird alles kalt.
Jumbo: (*reibt sich den Bauch*) Was gibt es denn, Mante?
Tatilda: Salzbraten, mein Junge, den magst du doch so gerne.
Jumbo: (*murmelt*) Na, da kann se wenigstens nix falsch gemacht haben.

Kurze Zeit später sitzen die drei nebeneinander auf der Eckbank. Wie in alten Zeiten. Als wäre nichts gewesen. Fast nichts.

Tatilda: So, dann lasst es euch schmecken, ihr seht ja richtig ausgehungert aus.

Mante Tatilda schlurft aus der Küche und mit ihr verschwindet auch der penetrante Pissegestank. Jetzt riecht es nur noch nach Scheiße.

Jumbo: (*zögert mit seiner Gabel und schielt zu Gyrosbrot*) Und?
Gyrosbrot: (*verzieht das Gesicht*) Komisch, schmeckt irgendwie total süß, das Fleisch.

Jumbo wirft seine Gabel in den Bräter und springt auf.

Jumbo: Jetzt reichts, alte Scheiße, jetzt wird beschriftet!

Jumbo fischt einen Edding aus der Krimskrams-Schublade und beschriftet die beiden Riesenpötte im Gewürzschrank, nachdem er sich selbst per Geschmackstest einen Überblick verschafft hat. Währenddessen betritt Onkel Titte die Küche. Im Hintergrund zieht Plastikschlitten, der seinen Teller bereits leer gemampft hat, den von Gyrosbrot weggeschobenen Teller zu sich heran.

Onkel Titte: Oh, hallo Jumbo!
Jumbo: Ach, hallo Onkel Titte! Lange nicht gesehen!
Gyrosbrot/Plastikschlitten: Hallo Titte!
Onkel Titte: Hallo ihr zwei, aber seit wann duzt ihr mich?
Gyrosbrot: Nun, weißt du, Titte, wir sind mittlerweile auch keine Kinder mehr. Ich meine, Plastikschlitten ist 43 und ich sogar, wie alt bin ich noch mal ... 45 Jahre? Also ist das hier ne Verständigung zwischen Erwachsenen! Ich meine ... es geht doch hier um Gleichberechtigung. Es sollte ein Gespräch auf Augenhöhe sein und das geht nur, wenn wir uns *alle* duzen oder uns *alle* siezen und da du uns gerade geduzt hast, Titte, dachten wir uns, wir könnten dich doch auch langsam mal duzen, du Titte!
Onkel Titte: Jaja, kein Problem, war nur etwas ungewohnt! Spielt doch eh keine Rolle mehr. Jetzt wo doch sowieso bald die Welt untergeht!
Jumbo: Sie geht nicht unter, Onkel Titte. Sie wird nur vollständig sterilisiert.
Onkel Titte: Was macht das schon für ein Unterschied?
Jumbo: Der Unterschied liegt nicht in der Bedeutung des Wortes, sondern in seinem buchstäblichen Ursprung. Wenn etwas untergeht, dann bewegt es sich unter Einfluss der Gravitation relativ zum Bezugssystem von oben nach unten. In der Regel entzieht sich das Untergehende der optischen Wahrnehmung durch gleichzeitiges Versinken *in* etwas, welches es nach vollzogenem Untergang vollständig umschließt. Da das Universum bezüglich der Erde keine Schwerkraft als solche anbietet, gibt es im All kein Oben und auch kein Unten, also kann die Erde nicht untergehen. Und da ein Komet auch nichts ist, in dem die Erde versinken kann, ist der Begriff *untergehen* doppelt deplatziert.
Onkel Titte: (*ruft nach draußen*) Tatilda! Fünf Jahre habe ich Jumbo nicht gesehen und nach zwei Minuten habe ich die Schnauze schon wieder voll von unserem Fettneffen!
Gyrosbrot: Sieh mal, Titte! Jumbo ist halt, naja, er ist halt n Klugscheißer! Beziehungsweise n Klugscheißer geworden. Also ich meine ... (*zieht an seinem Spliff*) ... er war ja nicht schon immer n Klugscheißer. Er ist es erst, seit er hier wohnt. Hier bei dir, Titte, n Klugscheißer geworden.

Onkel Titte: Worauf wollen sie hinaus, Mister Scraw?
Gyrosbrot: Gyros! Du kannst mich nach wie vor Gyros nennen, Titte!
Onkel Titte: Ehrlich gesagt wäre es mir lieb, wenn wir das mit dem Siezen noch mal ausprobieren könnten. Ich habe den Eindruck, dass, wenn sie fertig sind mit ihren Erklärungen, warum Jumbo so ein Klugscheißer geworden ist, ich sie nicht mehr leiden kann! Außerdem kann ich mich nicht dran gewöhnen, dass sie mich *Titte* nennen!
Gyrosbrot: Schon klar, Titte, schon klar! (*nimmt einen weiteren tiefen Zug*) Ich mein ... (*rüsselförmig Rauch ausblasend*) ... wir haben uns ja alle unsere bekackten Namen nicht ausgesucht. Wenn es nach mir ginge, würde ich sicher auch nicht *Gyrosbrot* heißen! Vielleicht würde ich mich *Gyrospita* nennen, oder einfach nur *Pita*. Und du hättest dich vielleicht für den Namen *Oberweite* oder *Busen*, oder *Brust* entschieden! Also wenn *das* dein Problem ist, kann ich (*plötzliches Husten mit Rauchwölkchen, heiser weiter*) ich dich gerne auch *Quarktasche* oder so nennen, (*räusper*) Titte!
Onkel Quarktasche: Ich glaube, ich geh mal wieder in die Freiluftwerkstatt. Meine neue Flex ist heute angekommen und ich werde sie mal ein paar Jahre ausprobieren.
Jumbo: (*zu sich selbst*) Bitte nicht ...
Gyrosbrot: (*stimmt ein*) Ja, jetzt geht das Rumgeflexe wieder los.
Plastikschlitten: (*kloppt Gyrosbrot auf den Oberarm*) Du hättest ihn eben nicht so provozieren sollen.

Titte geht raus und streckt kurz darauf den Kopf noch einmal herein.

Onkel Titte: Ich glaub euer Telefon in der Zentrale klingelt!

Kapitel 7

Ein Königreich für einen Glasbären

Die drei Paragraphen stürmen zeitgleich aus der Küche und bleiben im ersten Anlauf prompt im Türrahmen stecken. Hinter ihnen zerspringen Teller und Tassen auf dem Küchenboden. Schnell hetzen sie über den staubigen Vorplatz und stürmen in den Wohnwagen. Natürlich durch die ganz normale Wohnwagentür, nicht etwa durch die völlig überflüssigen Geheimeingänge.

Plastikschlitten: Ich schalt den ...
Jumbo: (*reißt den Hörer von der Gabel*) Ja, Jumbo Johnssen, von den bekackten Paragraphen?
Kocker: Hallo, Jumbo! Na, wieder im Land?
Jumbo: (*irgendwie gequetscht*) Oh, hallo Inspektor Kokser!
Kocker: Hmm, hast du nicht gesagt, dass die Armee die ne Hirn-Operation spendieren wollte, damit du dieses bekackte Namens-Tourette loswirst?
Jumbo: Ja, Inspektor Kackauge, ham die auch. Wie siehts denn bei ihnen aussöa? Sind sie im Urlaub? Ich habe sie gestern gar nicht auf der Wache angetroffensöa!
Kocker: Wie ich dir *schon* einmal erzählt habe, ist es mir auf der Wache auch viel zu gefährlich. Nach wie vor handelt es sich um ein Gebäude aus der Gründerzeit und die Dachbalken sind schon ziemlich morsch. Falls du aber nur auf meine gestrige Abwesenheit abzielst, ja, ich habe Urlaub genommen. Ich bin umgezogen. Mein Bruder Joe ist doch letztens verstorben und ich bin nun bei ihm eingezogen. Meine Bude war ja nur son gammeliges Mieterloch.
Jumbo: Müssten sie nicht eigentlich schon längst in Rente seinsöa?
Kocker: Ja, eigentlich schon! Bin jetzt ja auch schon 70. Aber ich mach weiter! Man kann nicht einfach aufhören, ein Polizist zu sein! Einmal Bulle, immer ... (*schweres Husten*) ... außerdem würde ich dann womöglich verknackt werden, wenn ich mal je-

manden erschieße! Nein, nein, ich habe dem Polizeichef gesagt, dass ich solange bleibe, bis ich ins Gras beiße.

Jumbo: Möglicherweise haben sie Glück und müssen nach ihrem Urlaub gar nicht mehr zurückkommensöa. Wegen des Kometen, verstehen sie? Haben sie ihre Löffelliste schon abgearbeitet?

Kocker: Was für eine Liste?

Jumbo: Na, die Liste auf der steht, was man noch alles tun will bevor man den Löffel abgibtsöa.

Kocker: Ach, weißt du Jumbo, wer über 70 ist und diese bekackte Liste noch nicht abgearbeitet hat, der kann sie genauso gut in die Tonne kloppen. Abgesehen davon glaube ich, dass wir den Kometen noch aufhalten können. Deshalb rufe ich auch an. Denn ihr könntet einen wesentlichen Beitrag dazu leisten.

Jumbo: Wir? Sie meinen die drei Paragraphenzeichensöa?

Kocker: Ja genau. Es geht um die Weltformel, mit Hilfe derer man den Kometen aufhalten kann. Ihr habt sicher die Nachrichten verfolgt. Um es kurz zu machen. Ich denke, dass ihr die Weltformel besitzt!

Plastikschlitten: (*dramatisch*) Was? Wir?

Kocker: Jaha! Ist das nicht geil? Also ich wäre dafür, dass wir uns die zehn Trilliarden Dollar Finderlohn einfach gerecht teilen. Ihr ne Hälfte und ich ne Hälfte! (*husten*)

Gyrosbrot: (*flüsternd zu Jumbo und Plastikschlitten*) Moment mal! Der bekackte Penner weiß doch genau, dass wir zu dritt sind. Also steht ihm ja wohl höchstens ein Viertel zu ... wenn überhaupt.

Jumbo: Haben sie das gehörtsöa?

Kocker: Was gehört?

Jumbo: Meine Companjeros sind auch hier und können sie über den Lautspr...

Kocker: Ich versteh dich nicht, Jumbo! Hast du deinen fetten Wichsgriffel vor der Muschel?

Jumbo: (*nimmt nach einem Kontrollblick die Hand von der Muschel*) Ich sagte, meine Mitstreiter hier sind mit ihrer *gerechten* Aufteilung der zehn Trilliarden nicht einverstanden, weil wir ja immerhin zu dr...

Kocker: Na dann ist ja alles klar! Wir können die Details ja morgen früh besprechen. Kommt einfach vorbei. Ich wohne jetzt in Bel Air in der Nähe des Stone Canyon Reservoirs. Stradella Road 425.
Jumbo: Sollen wir nicht zur Wache kommensöa?
Kocker: Nein, bloß nicht. Ich sagte doch bereits, dass ihr mich zu Hause besuchen sollt! Ich wohne jetzt in Bel Air in der Nähe des Stone Canyon Reservoir. Stradella Road 425. Dies ist eine Privatangelegenheit. Das soll nicht mit meiner Tätigkeit als rechtschaffender Inspektor in Verbindung gebracht werden. Und ganz wichtig, bringt den Glasbären mit, den ihr damals von Kommissar Brennholz bekommen habt. Ihr erinnert euch, zu seiner Pensionierung. Ich sage euch schon mal so viel vorab, in dem Glasbären ist die Weltformel versteckt, also hübsch vorsichtig damit. Ist immerhin der Schlüssel zu unseren Trilliarden, hahahahaaa, und natürlich zur Rettung unseres schönen Planeten. Bis morgen, ihr Lümmel! (*röchel*) (*klick*)
Jumbo: Hallo! Hallosöa? Nnnach, aufgelegt! So ein unhöflicher Mensch. Hat gar nicht tschüss gesagt.

Jumbo kloppt den Hörer mit Schmackes zurück auf die Gabel. Plötzlich springt er auf und reißt die Arme nach oben. Und damit auch sein T-Shirt. Weißer vernarbter Schwabbel kommt zum Vorschein und tanzt auf und ab (der Schwabbel).

Jumbo: (*ultraenthusiastisch*) Kollegen, habt ihr das gehört?

(*Stille*)

Jumbo: Hey, was ist mir euch? Wir werden reich! Fünf Trilliarden Dollar für unseren kleinen Glasbären! Ich denke, das ist n fairer Preis (*grinst*) und nebenbei retten wir die Welt. Was wollen wir mehr?

Gyrosbrot schaut Jumbo wie versteinert an. Jumbo hält inne und starrt zurück. Dann werden Jumbos Gesichtszüge weich. Er steckt seine Hände in die Hosentaschen und neigt den Kopf abwechselnd zu Gyrosbrot und Plastikschlitten.

Jumbo: (*verständnisvoll*) Ich meine ... klar, ihr habt völlig recht. Dieser bekackte kleine Glasbär hat für uns natürlich einen hohen persönlichen Wert. Immerhin haben wir ihn von Inspektor Kackreiz ganz persönlich geschenkt bekommen. (*kleine Pause*) Eine wertvolle Erinnerung an viele Jahre, viele Fälle ... und einen lieben Menschen, der nicht mehr unter uns weilt.

Jumbo setzt sich und legt seine Hände behutsam jeweils auf die Knie von Gyrosbrot und Plastikschlitten.

Jumbo: Ein Andenken, dass man natürlich mit Geld gar nicht aufwiegen kann. Ich verstehe euch ja. (*springt auf, reißt die Arme wieder hoch, wieder die Schwabbelnummer*) Aber bei fünf Trilliarden Dollar fällt der Abschied von unserem bekackten Maskottchen doch nur halb so schwer, yieehaa! (*Drehung um die eigene Achse*) Und wer weiß, vielleicht erzielen wir morgen ein noch besseres Verhandlungsergebnis, das wäre doch gelacht!

Gyrosbrot senkt den Kopf und schluckt vernehmlich. Zaghaft beginnt er, die Nagelbett-Hautfetzen seines rechten Zeigefingers abzuzupfen. Plastikschlitten starrt mit halb offenem Mund ins Leere. Irgendwie ist es plötzlich sehr still in der Zentrale. Jumbos rechtes Ohr beginnt zu piepen. Von draußen begleitet das Geheul eines vorbeirasenden Polizeiautos die Ruhe in der Zentrale. Vielleicht ist es auch ein Krankenwagen. Oder die Feuerwehr.

Jumbo: Wobei selbst nur *eine* Trilliarde Dollar schon ein mächtiger Haufen Asche ist. Die wenigsten Menschen wissen überhaupt, dass *eine Trilliarde* mit sage und schreibe einundzwanzig Nullen daherkommt. Das kann ein menschliches Gehirn überhaupt nicht begreifen ... außer vielleicht meins. Aber, Kollegen, wisst ihr eigentlich, wie schwer eine Trilliarde Dollar sind? Passt auf, ich sags euch. Eine Dollarnote wiegt unabhängig vom Geldwert ungefähr ein Gramm. Das liegt daran, dass alle Scheine die gleiche Größe haben, nämlich 15,55 Zentimeter mal 6,67 Zentimeter. Angenommen wir lassen uns die ganze bekackte Kohle in Hundert-Dollar-Noten auszahlen, dann wären eine Trilliarde Dollar genau zehn Trillionen Scheinchen, hehehe. Und wenn jeder Schein ein Gramm wiegt, sind das genau ... jaaa, zehn Billarden Kilogramm, was so

viel ist wie zehn Billionen Tonnen. Wenn wir uns den ganzen Schotter auf Tausend-Tonnen Lastkähnen an den Strand von Rambo Bietsch liefern lassen würden, bräuchten wir zehn Milliarden Frachtschiffe. Nur leben auf der Erde nicht genug Menschen, um so viele Kapitäne aufzutreiben. Uihhh. Ich glaube, ich gebe als erstes eine riesige Eis- und Torte-Party. (*mit gönnerischer Geste*) Und ihr seid natürlich alle eingeladen.
Plastikschlitten: Jumbo!
Jumbo: Oder, wenn wir dann die Scheine alle übereinanderstapeln, reicht der Turm bis, oh Mann, wir könnten hundert Jahre lang jede Stunde ein Stapel Hunderter ausgeben, der von unserer Zentrale bis zur Sonne reicht. Stellt euch das mal vor, wir könnten jeden Tag die ganze Welt kaufen. Allerdings habe ich hier berücksichtigt, dass wir zwischendurch auch mal schlafen müssen und dann kein Geld ausgeben. Wenn man die Scheine aneinanderreiht wird es schon relativ eng im Univ...
Plastikschlitten: Jumbo!
Jumbo: Was ist denn, Plastikschlitten? Willst du vorschlagen, dass wir uns das Geld einfach auf unser leeres Firmen-Sparkonto überweisen lassen? Eigentlich keine schl...
Plastikschlitten: (*steht auf und brüllt Jumbo direkt in die Fresse*) WIR HABEN DEN BEKACKTEN GLASBÄREN NICHT MEHR!

Für eine Minute scheint die Erde stillzustehen. Staub und Flusen schweben in der Zentrale herum. Bis jetzt war das nie aufgefallen. Aber nun nehmen sie alle drei dieses Gewusel wahr. Übernatürlich deutlich. Aus der Freiluftwerkstatt dringen einige Flüche von Onkel Titte durch die halb geöffnete Deckenluke. Dann wird eine Flex gestartet und das uralte vertraute Kreissägengekreische beginnt.

Jumbo: (*kommt langsam wieder zu sich*) Wie war das? Was hast du gesagt?
Plastikschlitten: Wir haben den kleinen Glasbären nicht mehr, Erster. Das wollte ich dir schon die ganze Zeit sagen, aber du hast ja nicht zugehört.

Jumbo: Wo soll der bekackte kleine Glasbär denn sein? Er wird mit seinen kleinen Glasknochen doch sicher nicht aus der Zentrale spaziert sein, oder?
Gyrosbrot: Weißt du das denn nicht mehr?
Jumbo: Was soll ich nicht mehr wissen?
Gyrosbrot: Oh Mann, jetzt kriege ich zum zweiten Mal für dieselbe Sache auf die Fresse, nur weil sich unser Erster nicht mehr erinnern kann! Na super …
Jumbo: (*packt Gyrosbrot am Kragen*) Was hast du mit meinem kleinen Glasbären gemacht?
Plastikschlitten: (*mischt sich von der Seite mit erhobenem Zeigefinger von der Seite ein*) *Unserem* kleinen Glasbären, ja? Inspektor Brennholz hat ihn schließlich uns allen geschenkt. Oder hast du das auch vergessen?
Jumbo: Halt die Klappe, Plastik! Das ist grad nicht deine Angelegenheit! (*Nase an Nase mit Gyrosbrot*) Und du sagst mir jetzt wo dieser beschissene Glasbär abgeblieben ist!
Gyrosbrot: Ich hab ihn doch damals mit nem Ball versehentlich heruntergeschossen. Dabei ging er kaputt. Der Glasbär jetzt. Hab das Ding dann in die Tonne gekloppt und zur Strafe drei Monate BlackUndDecki-Dienst geschoben. Wir sind da also schon lange quitt. (*duckt sich leicht weg*) Also keine Strafe für ein abgegoltenes Vergehen, bitte!
Jumbo: (*lässt langsam von Gyrosbrots Kragen ab*) Gut. Dann reden wir jetzt mal nicht von Strafe. Dann reden wir jetzt mal von Entschädigung. Nun, Plastikschlitten. Jeder muss seine Ansprüche selber geltend machen. Ich würde aber vorschlagen, dass wir uns gemeinsam einen Anwalt suchen. Fünf Trilliarden Dollar sind ja schließlich kein Pappenstil. Ich werde mich jedenfalls nicht außergerichtlich auf einen Vergleich einlassen. Wie Inspektor Kocker morgen darauf reagiert, wird noch ne ganz andere Nummer. Immerhin ging es ihm vordringlich sicherlich weniger um die bekackten Dollars, sondern in erster Linie um seine bekackte Stadt! Aber das wird er dir morgen schön selbst noch mal erzählen, Gyrosbrot.

Gyrosbrot: Äh, aber warum sollten wir dort morgen hingehen, Jumb? Wir haben doch den Glasbären nicht mehr. Außerdem, woher sollte ich wissen, dass sich in dem Scheißding eine Weltformel befindet?
Jumbo: (*verkrampft sein Gesicht wie beim Scheißen*) DIE WELTFORMEL! Es gibt nur EINE EINZIGE BESCHISSENE WELTFORMEL!
Gyrosbrot: Sag ich ja, EINE! (*duckt sich weg und grinst*)

Jumbo bekommt vor Wut einen anaphylaktischen Schock und wird fast bewusstlos.

Plastikschlitten: Um das mal klar zu stellen. Es ist völlig egal, ob es mehrere Formeln gibt oder nicht.
Gyrosbrot: Danke, Plastikschlitten.
Plastikschlitten: Gern geschehen! Ich möchte allerdings bemerken, dass du den kaputten kleinen Glasbären auch weggeschmissen hättest, wenn du gewusst hättest, dass sich die Weltformel darin befindet, da du nicht mal annähernd seine Sinnhaftigkeit und Wichtigkeit erkannt hättest.
Jumbo: (*wieder wach*) Danke, Plostikschlitten!
Plastikschlitten: Bitte Jombo. Und noch eins zu euch beiden Streithähnen. Es spielt auch keine Rolle, ob man sein Gehirn durch Kriegsspielerei verliert, Mister Johnssen, oder durch schlechte Zigarren, Drogen und leichte Mädchen vernebelt, Mister Scraw. Jetzt reicht euch die Hände, denn ihr teilt das gleiche Schicksal. Offensichtlich bin ich der einzige, der hier im Moment noch klar denken kann. Los, vertragt euch!

Jumbo und Gyrosbrot strecken sich gleichzeitig ihre Hände zu. Der Abstand ist zu groß zum Schütteln, aber die Geste reichte Plastikschlitten, um das Thema für beendet zu erklären.

Plastikschlitten: Und morgen fahren wir zu Kocker um zu beichten.

(*Musik*)

Die Villa, in der Inspektor Kocker nun lebt, liegt ungefähr zwanzig Meilen östlich von Rambo Bietsch auf einem Berg. Die Straße mündet in einen großen Vorplatz, direkt vor der mächtigen Eingangshalle. Ein Springbrunnen in der Mitte des Platzes und kunstvoll geschnittene Büsche und Bäume auf dem tadellosen Rasen an den Seiten der Zufahrt zeugen von einer erstklassigen Adresse. Plastikschlitten steuert den restaurierten Kugelporsche direkt vor die breiten Marmorstufen des Eingangs. Noch ehe Jumbo die Beifahrertür öffnen kann, tänzelt ein elegant gekleideter Page in einem Frack mit goldenen Knöpfen die Stufen herab und hilft Jumbo beim Aussteigen. Ein zweiter, ebenso gekleideter Jüngling, erreicht federnden Schrittes die Fahrerseite und nimmt Plastikschlitten beim Aussteigen den Wagenschlüssel ab. Mit einem 'Sie erlauben, Sir?' zwängt er sich behände auf den neu aufgepolsterten Hartschalen-Sportfahrersitz und versucht ergebnislos den Wagen zu starten. Daraufhin winkt er dem anderen Pinguin-Typen zu, der Gyrosbrot an der Heckscheibe ablöst und den Wagen am Gebäude vorbei schiebt. Mitten auf dem Wimbeldenrasen endet der Asphalt. Plötzlich öffnet sich der Boden und eine Garage fährt aus dem Grün nach oben, der Kugelporsche wird hineingeschoben und die Garage versinkt wieder in der Wiese.

Jumbo: (*pfeift durch die Zähne*) Erstaunlich, eine Tiefgarage im Garten, perfekt getarnt. Und, äh, ein wirklich beeindruckender Service.
Plastikschlitten: Jumbo, bist du sicher, dass wir hier richtig sind?
Page: Ich darf sie im Namen von Mister Kocker willkommen heißen. Wenn sie mir bitte folgen wollen?
Jumbo: Vielen Dank für die freundliche Begrüßung, Mister ...
Page: Nennen sie mich Page. Wir haben hier keine Namen. Mister Kocker erwartet sie bereits. Folgen sie mir!
Jumbo: (*steckt die Karte wieder ein*) Äh, gern, Mister Page. Kommt Kommilitonen!

Durch das pompöse Eingangsportal gelangen sie in ein riesiges Foyer. Die Sonne flutet durch das gläserne Kuppeldach und das Interieur erinnert eher an eine achtzigtausend Sterne Hilton First-Class Private Paula Extra Dimension, als an ein Privathaus.

Gyrosbrots Opasandalen klatschen über den kühlen Marmor, als sie durch einen klimatisierten Gang zu einer großen Doppelflügeltür geführt werden. Die drei Paragraphenzeichen haben Mühe, den wippenden Schritten des Pagen zu folgen. Aus Jumbos Kämmelbuhts dringen schmatzende Geräusche, die von den Wänden widerhallen. Vor dem beeindruckenden Tor angekommen wendet sich der Page um.

Page: Warten sie bitte hier.

Der Page verschwindet durch eine kleine Seitentür.

Gyrosbrot: Jumbo, wo sind wir hier gelandet?

Plastikschlitten: Frag ich mich auch, ich hatte mir das irgendwie anders vorgestellt. Hier hat also Inspektor Kockers Bruder gewohnt? Alleine? Ich meine, hier könnte man ja ganz Rambo Bietsch unterbringen.

Jumbo: Wisst ihr denn nicht, wer sein Bruder war? Abgesehen davon, dass er uns vor einigen Jahren mal megamäßig verarscht hat, war Joe zusätzlich noch ein sehr erfolgreicher ...

Plötzlich öffnen sich, wie von Geisterhand und völlig geräuschlos, die beiden riesigen Türhälften vor den drei Paragraphenzeichen.

Kocker: Na, wenn das nicht das wirre Gesabbel von meinem alten Freund und Kollegen Jumbo Johnssen ist. Und deine beiden Hiwis hast du auch gleich mitgebracht. Sehr gut!

Jumbo: Hallo, Inspektor Kackstuhl. Äh, verstehen sie mich nicht falschsöä. Ich freue mich sehr, sie bei offensichtlich bester Gesundheit nach so langer Zeit wieder zu sehen. Aber eigentlich ...

Kocker: (*winkt ab*) Ho, ho, nicht alles auf einmal. Kommt erst mal rein und setzt euch.

Die drei Paragraphenzeichen betreten den größten und gleichzeitig gemütlichsten Raum, den sie je betreten haben und je betreten werden.

Jumbo: (*stemmt beide Hände in die Hüften*) Uihhh, eine Mercedes-Benz Konferenz-Lounge-Sitzgruppe für zweiunddreißig Personen aus siebenfach gefaltetem Erdhörnchen-Pimmel-Nappa aus den dreißiger Jahren. Sieht aus wie neu. Der Handarbeitsaufwand

für eine Sitzgruppe ist der größte aller Zeiten. Steht sogar im Guinness-Buch der Rekorde. Zweihundertfünfzig Arbeiter haben für eine Ausführung drei Jahre gebraucht. Jede einzelne Naht wurde aus einundzwanzigfach gedrillter japanischer Spezialseide siebenfach von Hand genäht. Alles ohne Nadel, um das angeblich noch lebende Material nicht zu verletzen. Es wurden nur zwei Ausführungen dieses legendären Modells hergestellt. Dann ging das erforderliche Spezialwissen verloren.
Kocker: Stimmt. Die andere steht nebenan. Aber setzt euch doch. Was wollt ihr trinken?
Plastikschlitten: Ich nehme eine Limonade, Sir.
Gyrosbrot: Meinst du nicht, dass wir inzwischen alt genug für ein Bier oder so was sind?
Jumbo: (*Mund voller Salzstangen vom Tisch*) Ich würde auch ein Bier bevorzugensöa! (*mampf*)

Kaum hat Jumbo ausgesprochen, da betritt eine wunderschöne Saftschupse mit riesigen Brüsten den Raum. Auf einem Tablett vier frisch gezapfte Pilze. Sie stellt jedem eines vor die Glotzaugen und hält anschließend inne. Dann stöhnt sie lustvoll auf, verdreht die Augen und schnappt nach Luft, ein kleiner spitzer Schrei und sie verschwindet ebenso schnell, wie sie gekommen ist.

Gyrosbrot: (*nimmt das Bier, ohne davon zu trinken*) Na dann erzählen sie mal!
Kocker: Moment, habt ihr den Glasbären dabei?
Jumbo: Ja, er ist hier in der Serviette. (*holt ein serviettenumwickeltes Etwas aus seinem Rucksack*)
Kocker: Gib mal her!
Jumbo: Wir wollen zunächst mal die Hintergründe kennenlernen! Wie kommen sie drauf, dass die Weltformel in dem Glasbären versteckt ist?
Kocker: Nun ja, der Gedanke kam mir erst, als ich mich wegen des Kometen wieder mit dem Weltformelgedöns auseinandergesetzt hatte. Vor vielen Jahren, als mich Kommissar Brennholz gerade in seine Abteilung einarbeitete, da bekam er ein merkwürdiges Päckchen. Ich erinnere mich gut daran, weil er plötzlich ganz geheimnisvoll tat und sämtliche Plastikrollos seines Plexiglas-

Kabuffs heruntergelassen hatte. Dann öffnete er den Karton und zeigte mir den Inhalt. Es war der Glasbär. Tatsächlich konnte er allerdings gar nichts damit anfangen. Im Begleitschreiben stand nur, *Gut drauf aufpassen, systemrelevant!!!* mit drei Ausrufezeichen. Unterzeichnet war das Schreiben mit *Bruder B. und Bruder R.*. Wie ich später herausfinden sollte, waren das die beiden Entwickler der Weltformel. Brennholz hatte das damals natürlich nicht geschnallt. Wie auch immer. Daraufhin stand der Bär bis zu Brennholzns Pensionierung auf seinem Schreibtisch. An seinem letzten Tag, als er sein Büro leerräumte, hatte er den Glasbären in der Hand und sagt sinngemäß folgendes zu mir. *Das Scheißding kann ich nicht mit nach Hause nehmen. Wenn meine Frau den schäbigen Staubfänger sieht, wirft sie ihn direkt in die Alt-Glasbärentonne. Ich gebe das Ding den bekackten Paragraphenzeichen. Ich wollte mich bei denen eh auf dem Nachhauseweg noch offiziell verabschieden, damit die Bengel schnallen, dass sie mich in Zukunft nicht mehr belästigen brauchen.*

Jumbo: Hat er tatsächlich *den bekackten Paragraphenzeichen* gesagtsöä?
Kocker: Also wahrscheinlich war das, was ich grad sagte, jetzt nicht hundertprozentig richtig zitiert. Ihr müsst entschuldigen, aber das Gespräch mit ihm ist mittlerweile zwanzig Jahre her. Aber ja! Er sagte, und da bin ich mir absolut sicher, er sagte *den bekackten Paragraphenzeichen*. Wenn wir uns über euch Drecksblagen unterhielten, sprachen wir *immer* von den *bekackten Paragraphen*.

Jumbo: Ohh, dieser ...
Gyros: (*beschwichtigend*) Jumbo!
Jumbo: ... BEKACKTE ...
Gyros: JUMMMBOO!
Jumbo: ... PENNER!
Plastikschlitten: Du nennst uns selber doch auch immer *bekackt*. Sogar am Telefon gestern!
Jumbo: (*beruhigt sich*) Was solls, klingt ja eigentlich auch gar nicht so schlecht, *die bekackten Paragraphen*, ich meine ...

Gyrosbrot: Würdest du jetzt bitte den Inspektor weiterreden lassen? Danke!
Jumbo: (*lehnt sich wieder zurück*) Aber natürlich, fahren sie fortsöa!
Kocker: Nein, ich fahre einen Dodge!
Gyrosbrot: Er meint *erzählen sie weiter*, Inspektor.
Kocker: Ach so. Jedenfalls, ähm. Genau! Er ging dann in Rente und der Glasbär war erst einmal aus meinem Gedächtnis! Was folgte, waren viele Jahre mit routinierter Polizeiarbeit, bis mir plötzlich ein Doppelmord auf den Schreibtisch gelegt wurde. Es ging um die Entwickler der Weltformel. Ihre Namen waren Professor Berthold und Professor Roland Wagner. Und sie waren Brüder.
Jumbo: Bruder R. und Bruder B.!
Kocker: Exakt! Es fehlte jede Spur von der Weltformel. Es wurde jedoch spekuliert, dass die beiden ihr geheimes Wissen vielleicht irgendwo versteckt hatten, damit es nicht verloren ging. (*feierlich*) Und dann, meine lieben Freunde, fiel mir der Glasbär wieder ein. Er kam damals zur gleichen Zeit per Post, wie die Pressemeldungen über die Weltformel. Offiziell hieß es damals, dass man mit dieser Formel noch nichts anstellen konnte, da zunächst noch ein Detektor entwickelt werden müsste, der alle Objekte und Konstrukte der Welt dekodieren kann! Und irgendwas mit Subraum war da noch wichtig.
Plastikschlitten: Dekodieren?
Jumbo: Ja, Plastikschlitten, dekodieren. Es gibt eine Theorie, dass alles, was dir auf der Welt real erscheint, aus Zahlen besteht. Auch Matrix-Theorie genannt. Offensichtlich waren die Professoren Anhänger dieser Theorie.
Kocker: Ja, kann sein, auf jeden F...
Jumbo: Wenn es einen Dekoder gäbe, würde man mit diesem die einzigartige Nummer eines jeden Objektes, also seine Matrix ID, ermitteln und über einen Subraumkanal auch manipulieren können, in dem man diese Nummer beispielsweise verdoppelt oder nihiliert.

Kocker: Ja, richtig, so in der Art. Danach jedenfalls hörte man nichts mehr von den Professoren. Offenbar schafften sie es nicht, einen Detektor zu entwickeln. So geriet die Weltformel nach einem anfänglichen Riesenheip mit den Jahren wieder in Vergessenheit. Der Neffe der beiden Brüder behauptet nun jedoch, dass er einen solchen Detektor besitzt. Demnach hatten die Brüder den Detektor doch noch erfolgreich konstruiert. Der Neffe hat dieses Gerät jedenfalls nach Konstruktionsanleitungen der beiden nachgebaut und behauptet, dass es funktioniert. Einzig die Weltformel muss noch hineinprogrammiert werden.
Gyrosbrot: Da sind sie wohl nicht ganz auf dem Laufenden, Herr Inspektor. Es gab damals ziemlich viel Furore wegen einer wissenschaftlichen Live-Sendung vor ein paar Jahren. Die hieß glaube ich *Lusches Kosmos*, oder so ähnlich. Da waren die Brüder und haben genau dieses Gerät vorgeführt. Später wurden sie und ihre Arbeit dann von der Presse und den eigenen Kollegen in der Luft zerrissen. Aber da musste die Weltformel dann ja schon drin gewesen sein.
Jumbo: Ja, Laberald Lusche hat im Fernsehen davon berichtet. Ich kann mich nur so gar nicht daran erinnern.
Gyrosbrot: Das ist sicherlich dem Umstand geschuldet, dass du fünf Jahre am Hindukusch unser Land verteidigt hast, Jumbo.
Jumbo: Ach ja. Ich war ja gar nicht da.
Gyrosbrot: (*schlägt sich mit der flachen Hand gegen die Stirn*) Na endlich! Jetzt kann ich dir auch sagen, Jumbo, was ich in den fünf Jahren deiner Abwesenheit gemacht hab. Mir ist es wieder eingefallen. Ich habe nämlich jede Menge ferngesehen und wie mir scheint, war das durchaus nützlich! (*wartet auf Anerkennung, welche ausbleibt*) Äh, jedenfalls zurück zum Thema. Die hatten also dieses Gerät und haben damit auf etwas gezielt. Eine Blumenvase. Dann haben sie woanders hingezielt. Und *zupp*, stand da dieselbe Blumenvase, mit denselben bekackten Blumen, ein zweites Mal. Absolut identisch.
Plastikschlitten: Original dieselben Blumen, Gyros?

Gyrosbrot: Ja, Mann! Die selben bekackten Blumen. Da waren welche bei, die waren echt schon etwas fertig und dadurch hing eine der Blumen schon echt tief runter und war schon etwas braun. Und in dem gezauberten Strauß war die selbe bekackte braune Blume drin!
Jumbo: Das kann doch trotzdem ein Trick gewesen sein!
Gyrosbrot: Die Zuschauer sind damals aufgestanden. Haben beide Vasen neben einander gestellt und verglichen. Es gab den selben Sprung in beiden Vasen. Die Blumen waren alle komplett identisch!
Jumbo: Wie sah denn das Moped aus, mit dem sie diese Künste vollführten?
Gyrosbrot: Nun ja, es war son relativ handliches Gerät. Es war weiß, hatte ein großes Display vorne und ein Objektiv auf der anderen Seite. Neben dem Display waren noch ein paar Knöpfe. Links und rechts hatte es einen Griff, der extra Fingermulden besaß, damit man es gut festhalten konnte.

Kockers Augen werden immer größer, sein Kopf färbt sich dunkelrot, als ob er grade versucht einen Darmverschluss freizupressen.

Jumbo: Inspektor Kackreiz! Was ist mit ihnen?
Kocker: Ochhhääähhhh, hehe, mir ist plötzlich nicht gut! Ich wäre euch sehr verbunden, wenn ihr mir den Glasbären jetzt gebt und verschwindet. Ich glaub, ich muss mich hinlegen. Wo hab ihr den Bären?
Jumbo: Hehe, genau darüber wollten wir noch einmal mit ihnen redensöa! Ich hab noch mal über ihr Angebot mit dem *gerechten Teilen* nachgedacht und wir hatten den Eindruck, dass, ähnlich wie damals bei der Deutschen Demokratischen Republik, die Bezeichnung nicht zur wahren Natur des Beschriebenen passt.
Gyrosbrot: Ich glaube, dem Inspektor geht es nicht gut, Jumbo!
Jumbo: Nagut, ich machs kurz. Immerhin sind wir Paragraphenzeichen ja insgesamt drei Leute und wenn wir drei nur die Hälfte bekämen, wäre das absolut keine gerechte Verteilung!
Gyrosbrot: Was zum Teufel sabbelst du da, Jumbo! Wozu verhandelst du über die Aufteilung der Trilliarden?
Plastikschlitten: Ja, Jumbo, warum tust du das?

Gyrosbrot: Wir ham den verkackten kleinen Glasbären doch überhaupt nicht mehr, also gibt es auch keine Belohnung.
Kocker, dessen Kopf grad noch fast geplatzt wäre, wird nun kreidebleich. Seine Lippen sind plötzlich fahl blau.
Kocker: Ihr *habt* ihn nicht mehr?
Gyros: Er ist mir kaputtgegangen und ich hab den Kackhaufen dann natürlich weggeschmissen.
Jumbo wickelt das Serviettenknäuel auseinander und beißt in das darin befindliche Brötchen. Im Hintergrund lässt Kocker sein Bacardi-Glas auf den weißen Schwarzbärenfellteppich fallen und bricht bewusstlos zusammen. Während die Saftschupse reinkommt, panisch schreit und später Sanitäter Wiederbelebungsversuche anstellen und Kocker dann notfallmäßig ins Krankenhaus bringen, sind die drei Paragraphenzeichen so sehr in ihr Gespräch vertieft und mit Saufen und Fressen beschäftigt, dass sie von alledem nichts mitkriegen.

Gyrosbrot: Konnten die Wagners die Scheißformel nicht in etwas Strapazierfähigeres einarbeiten? Nen Medizinball oder so?
Plastikschlitten: Oder nen Radiergummi?
Jumbo: (*lehnt sich auf der Riesencouch zurück, so dass wegen der großen Sitzfläche nur sein Kopf die Couchkissen berührt und dadurch nach vorn abknickt*) Die Weltformel erneut aufzustellen gilt als unmöglich. Dazu müssten erst neue Jahrtausendgenies geboren werden.
Gyrosbrot: Stimmt, Jumbo. Allerdings ist die Formel aus dem Glasbären vielleicht nicht verloren. Deine Mante ist doch dafür bekannt, dass sie sehr genau auf die Mülltrennung achtet. Du hast selbst oft genug Prügel bekommen, wenn du alte Essenreste einfach in den Hausmüll, statt in die Biotonne geworfen hast. Zur Strafe musstest du die gammeligen Reste bis zum letzten Krümel aufessen. Manchmal hatte ich sogar den Eindruck, du hast das mit Absicht gemacht.

Plastikschlitten: Richtig, aber die Reste des Glasbären sind hundertprozentig im Altglas-Container vor eurem Schrotthandel gelandet. Dieser Container wurde damals von einer Firma geleert, die einen riesigen Reibach damit einfuhr, die Zuschüsse und Tonnen-Prämien des Landes zu kassieren und das Altglas regelmäßig mit Transportflugzeugen über der Wüste abzuwerfen.
Gyrosbrot: Und irgendwo da draußen befinden sich die Reste unseres kleinen Glasbären? Das ist ja der Wahnsinn!
Jumbo: Ich denke wir gehen jetzt besser, Inspektor Kackschwein! Wir müssen erstmal nachdenken! Inspektor Kotzscheiß?

Die drei Paragraphen erheben sich von der Luxus-Couch, um sich im Raum umzusehen.

Jumbo: Mister Kotzer? Einfach abgehauen, so ein unhöflicher Mensch! Hat gar nicht *tschüss* gesagt!

(*Musik*)

Kapitel 8

Wer hat gefurzt?

Am nächsten Tag treffen sich die drei Paragraphen in der Zentrale. Jumbo stützt sein Kinn mit der Hand auf dem Tisch ab und knetet mit der anderen seinen Sack. Er denkt an den Weltuntergang und dass dieser vielleicht ja auch eine Chance bedeuten könnte. Hinter ihm wedelt Gyrosbrot mit der flachen Hand vor seinem verzerrten Gesicht rum und zeigt anschließend mit dem Daumen seitwärts auf Jumbo.

Jumbo: Kollegen, es gibt genau zwei Möglichkeiten. Entweder wir finden die Scherben des verkackten Glasbären wieder oder wir suchen nach anderen Hinweisen, die die Wissenschaftler möglicherweise noch hinterlassen haben. Wer sagt denn, dass Brennholz der einzige war, dem die Wagners heimlich die Weltformel übermittelten. Vielleicht sollten wir unsere Ermittlungen lieber auf Letzteres fokussieren!
Gyrosbrot: Ich wäre dafür. Hab keine Lust ne komplette Wüste nach Kristallresten abzusuchen.
Jumbo: Und zum Flüchten ist es auch zu spät. Wär ich mal besser in Afghanistan geblieben, ich Esel. Aber was solls. Der olympische Gedanke zählt auch bei Weltuntergängen, *dabei sein ist alles*. Aber keine Angst, Kameraden, wir schaffen das! Wir werden die Weltformel rechtzeitig finden!
Gyrosbrot: Das nennt man Optimismus. (*zu Plastikschlitten*) Wenn Jumbo aus einem Hochhaus stürzen würde, würde er an jedem Stock, an dem er vorbeifliegt, sagen, *bis jetzt gings gut*.
Jumbo: (*gelangweilt*) Witzig. (*feldwebelmäßig*) Plastikschlitten, fahr du in die Bibliothek und finde alles über diese beiden Wissenschaftler und den Mord und die Weltformel heraus. Gyrosbrot, fahr du zu dem Neffen der Professoren und frag nach möglichen versteckten Hinweisen und guck dir den Nachlass an, ob da irgendwo vielleicht die Weltformel versteckt ist. Vielleicht kann einer der Nachfahren irgendetwas über die Berechnung oder Einzelheiten der Formel sagen. Ich werde in der Zwischenzeit alle

Zeitungen, Radio- und Fernsehsender anrufen und erzählen, dass die drei Paragraphenzeichen wieder vereint sind und die letzte Chance auf die Rettung der Welt darstellen.
Gyrosbrot/Plastikschlitten: Alles klar, Jumb!

Auf dem Weg hinaus auf den Hof des Schrottplatzes fährt Gyrosbrot mit seinem alten Emschi in Schrittgeschwindigkeit und runtergekurbelter Scheibe neben Plastikschlitten her.

Gyrosbrot: Soll ich dich n Stück mitnehmen? Ich glaube die Bibliothek liegt auf dem Weg zu dem Wagnerneffen. Ich kann dich dann da rausschmeißen.
Plastikschlitten: Das ist nett von dir. Wenn keiner schiebt, ist der Käfer als Fortbewegungsmittel irgendwie ungeeignet.

Gemeinsam fahren die zwei Paragraphen mit Gyrosbrots Emschi Richtung Westen zur Bibliothek. Nachdem Gyros den dritten Detektiven auf Höhe der Bibliothek aus dem fahrenden Auto getreten hatte, fährt er weiter zum Wildschweineierbullewar, wo einer der letzten Nachkommen der Wagner-Brüder wohnt. Es scheint nicht die beste Adresse zu sein. Viele Häuser sind unbewohnt. Gyrosbrot steigt aus, gleicht zögernd die Hausnummer mit seinem Zettel ab und geht dann zielstrebig zur Haustür.

Kapitel 9

Die Geheimzentrale

(*dingdong*)

Sprechanlage: Hallo?
Gyrosbrot: Hallo, ich bin Gyrosbrot. Ich sags ihn besser gleich, damit nicht wieder Missverständnisse entstehen. Ich habe die Weltformel …

Plötzlich springt die Tür auf. Jemand packt Gyrosbrot am Kragen und zerrt ihn ins Gebäude und umarmt ihn so fest, dass er keine Luft mehr bekommt.

Wagner: Hurra, hurra, wir sind gerettet, großartig! (*zieht Gyrosbrot hinter sich her*) Festhalten, ich nehme sie gleich mit zum geheimsten Ort der Welt! Als Weltformler stehen ihnen alle Rechte eines international anerkannten ZzZvzZ-Spions zu, los gehts!

Unter den beiden Männern springt eine Bodenluke auf und sie stürzen hinab, bis eine sanfte Biegung des Schachts aus dem freien Fall eine Rutschpartie macht, die nach geraumer Zeit einen überraschend angenehmen Abschluss auf einem gesteppten Luftpolster in einem kleinen dämmerigen Raum fand.

Wagner: So, mein fremder Freund. Wir befinden uns nicht nur kilometertief in einem Felsenberg unterhalb der Stadt, hier ist zusätzlich auch noch die Zentrale des geheimsten Geheimdienstes der Welt. Es ist die Zentrale des ZzZvzZ! (*dreht sich mit ausgestreckten Armen wie eine Ballerina*)
Gyrosbrot: (*schlürft den Sabber rein und schluckt ihn runter*) Kenn ich nicht. Was soll das bedeuten?

Wagner öffnet durch Iris-Scan, Daumenabdrücke, Stimmenerkennung und Zahlenkombination etliche Türen auf ihrem verwirrenden Weg durch unzählige dämmerige Flure.

Wagner: (*hastet voraus*) Es handelt sich um die Zentrale zur Zerstörung von zerstörenden Zellen. Wir sorgen dafür, dass die Welt nicht von irgendwas oder irgendjemandem zerstört werden kann.

Egal ob Ozonloch, Erderwärmung, Insektenplagen, Georg W. Gebüsch und so weiter. Alle weltzerstörenden Vorgänge werden von uns beobachtet, manipuliert oder notfalls auch eliminiert.
Gyrosbrot: Georg Gebüsch? Was habt ihr denn gegen Georg Dabbelju Gebüsch gehabt?
Wagner: Wir manipulierten damals eine Brezel mit einer Erstickungsanfallrezeptur. Anschließend übermittelten wir ihm eine Botschaft, dass er besser keine weitere mehr isst, wenn er überleben will.
Gyrosbrot: Aha! (*zu sich selbst*) Raff ich nicht. (*zum Wagner-Neffen*) Und was habt ihr sonst noch gemacht?
Wagner: Alles, was du die letzten Jahre von irgendjemandem gehört, im Fernsehen gesehen, im Radio gehört oder in einer Zeitung gelesen hast, ging durch unsere Zensur. Wir haben gezielt Nachrichten verbreitet, um menschliches Verhalten zu beeinflussen.
Gyrosbrot: (*kann kaum Schritt halten*) Was denn zum Beispiel?
Wagner: Zum Beispiel Rinderwahn. Auf die Idee ist übrigens Sam gekommen. Den wirst du gleich noch kennenlernen.
Gyrosbrot: Sam hat ... also gab es gar kein BSE?
Wagner: Natürlich nicht. Es gibt überhaupt keine Seuchen. Das Wort an sich wurde hier in dieser Geheimzentrale der ZzZvzZ überhaupt erst erfunden.
Gyrosbrot: Und wie habt ihr mit BSE die Welt gerettet?
Wagner: Wegen der hohen Nachfrage nach Rindern wurde immer mehr Regenwald am Amazonas abgeholzt, um mehr Weideland für die Viecher zu schaffen. Deshalb haben wir die weltweite Nachfrage durch die Seuche so stark reduziert, dass das Abholzen endete und der Sauerstoff heute noch für alle reicht.
Gyrosbrot: Wer hat die Maul und Klauen Seuche erfunden?
Wagner: Das waren Kollegen aus der polnischen Abteilung, *Halcz Maul* ...
Gyrosbrot: Huch! Entschuldigung, aber das kann man auch freundlich sagen!
Wagner: ... ja, ja ... und *Willnur Klauen*. Deswegen heißt die Krankheit auch Maul-und-Klauen-Seuche!

Gyrosbrot: (*glaubt alles, voll begeistert*) Habt ihr nur so Seuchenscheiß gemacht, oder war auch mal was Lustiges dabei?
Wagner: Natürlich hat die ZzZvzZ auch schöne und lustige Dinge gemacht. Das war allerdings noch lange vor meiner Zeit. Zum Beispiel haben wir die Mondlandung inszeniert, um dem Wettrüsten ein Ende zu setzen und den Menschen der ganzen Welt das Gefühl zu geben, zusammenzugehören.

Gyrosbrot stolpert Wagner hinterher, der ein paar weitere Schleusen mit Stimme, Fingerprints und Checkkarten öffnet.

Gyrosbrot: Heißt das, dass niemals jemand auf dem Mond war? Ich hab ja letztens erst gehört, dass Raketen im Weltall gar nicht fliegen können, weil ... äh ... wie in sonem leeren Schwimmbecken halt auch keiner schwimmen kann.
Wagner: Zumindest war keiner von uns Menschen da oben, in den letzten zweitausend Jahren. Technisch sind wir nicht mal weit genug, um uns auch nur zweihundert Kilometer von unserem Erdball zu entfernen. Geschweige denn 360.000 Kilometer, oder apoapsial über 400.000 Kilometer, je nach Umlaufposition des Mondes.

Die beiden gehen durch mächtige, nun hell beleuchtete, weiße Flure, bis sie schließlich durch eine gigantische Röhre in eine riesige Halle gelangen. Obwohl Gyrosbrot nirgends Lampen entdecken kann, ist es taghell. Die Wände und das Kuppeldach scheinen vollständig aus Edelstahl konstruiert zu sein. Es riecht nach einer Mischung aus Gummi und Lavendel. Im Zentrum des Hangars scheint sie ein grauhaariger Mann in einem weißen Kittel bereits zu erwarten.

Wagner: Hallo Sam, alte Maschine! Das hier ist Gyrosbrot, er hat die Weltformel!
Sam: (*reißt die Arme plötzlich hoch*) Yieeehaaaa!

Wagner und Sam rennen aufeinander zu, drehen sich vor Freude hüpfend im Kreis und laden Gyrosbrot ein, es ihnen gleich zu tun. Gyrosbrot nimmt die Einladung freudig an. Etwas feiern konnte nicht schaden, bevor er gleich die Katze aus dem Sack lassen würde und dann eh wieder mit stimmungsmäßiger Eiszeit zu rechnen ist. Nachdem jeder ein Glas Champagner von Sam eingeschenkt bekam, es war ein GrohKrühClass direkt aus der Stickstoff-Blitz-Kühlung, und sie damit Brüderschaft getrunken hatten, übernimmt Sam das Kommando.

Sam: Also, noch einmal herzlich willkommen bei der ZzZvzZ. Ab heute bist du vollwertiges Mitglied unserer geheimen Gemeinschaft. Natürlich darfst du niemandem hiervon erzählen!
Gyrosbrot: Ich habs mir schon fast gedacht. Aber was ich eigentlich sagen woll…
Sam: Also! Hier habe ich schon ein paar Sachen vorbereitet. Nimm mal deine Uhr ab, Gyrosbrot!
Gyrosbrot: (*fühlt sich zunehmend unwohl*) Da haben sie meine Uhr. Ist eh nichts wert. Aber …
Sam: (*enthusiastisch*) So? Da warten wir mal ab, ob wir den Wiederverkaufswert nicht etwas steigern können. Ich breche nun das Gehäuse auf und installiere dieses kleine Maschinchen hier. So! Und nun klebe ich die Uhr mit meinem Spezialkleber wieder zusammen. Hier, bitte!
Gyrosbrot: (*legt die Uhr wieder an*) Aha! Danke, und jetzt?

Sam schaut sich im Raum um. Sein Blick fällt auf einen riesigen Vorschlaghammer. Sam reißt ihn an sich, rennt auf Gyrosbrot zu, holt mit martialischem Gebrüll zu einem mächtigen Schlag aus und zielt mit dem Monsterfäustel genau auf Gyrosbrots Schädel. Gyrosbrot schreit in Todesangst. Während er mit rechts instinktiv versucht seine Rübe zu schützen, schnellt sein linker Arm hervor. Seine Hand imitiert für den Bruchteil einer Mikrosekunde vor Sams Gesicht fuchtelnd die Kopfbewegungen einer Kobra und lenkt dann in kaum wahrnehmbarer Geschwindigkeit mittels geschmeidiger Meidbewegung das Mordwerkzeug an seinem Körper vorbei. Hinter ihm schlägt der Hammer mit voller Wucht vor die Kacheln und donnert ein ordentliches Loch in die Wand.

Gyrosbrot: (*in alter typischer Stottermanier*): Wwwwas ist passiert, wwwarum ha..haben sie mich angegriffen?
Sam: Jetzt lass doch mal das Gesieze. Ich wollte dir doch nur demonstrieren, dass deine Uhr elektromagnetische Strahlen aussen-

det und so bei Gefahr die Impulskontrolle deines linken Armes übernimmt. Die richtige Frage wäre also, *wie konntest du den Angriff ohne Weiteres abwehren*, nicht wahr?
Wagner: Im Nahkampf bist du mit der Karate-Uhr quasi unbesiegbar. Hahahah! Es sei denn, du wirst vor Angst bewusstlos! Dann hast du natürlich verschissen.
Gyrosbrot: (*schwer ausatmend*) Abgefahren, Mann, echt abgefahren! Eh, hehe, nur um Missverständnisse zu vermeiden sollt ihr unbedingt wiss…
Wagner: Ok, Sam, was ist mit den Schuhen? Im Kampf gegen die Aliens sind sie unverzichtbar.
Gyrosbrot: (*gequetscht*) Sagtest du Aliens? Willst du damit sagen, es gibt *wirklich* Aliens, nicht nur im Film?
Wagner: Sam, erklär du es ihm! Du bist schließlich der Held der Abkürzungen. Ich geh mal nen Pressling vor den Storch nageln. (*verschwindet durch eine Stahltür mit eingravierter Aufschrift ‚Scheißhaus'*)
Sam: Aber gern. (*wendet sich an Gyrosbrot*) Wie du vielleicht weißt, zieht das ZzZvZzZvzZ zurzeit voll durch, um uns zu schwächen und um von der großen Sache abzulenken.
Gyrosbrot: Mo..Moment mal. Das geht mir alles ein bisschen zu schnell. Wer um alles in der Welt ist den das ZetZetZetFau-Dingsbums.
Sam: Das ist das *Zentrum zur Zerstörung von Zentralen zur Zerstörung von zerstörenden Zellen*. Die machen Jagd auf unsere Organisation und unsere Stützpunkte in Europa, Vorder-, Hinter-, Groß- und Klein-Asien, um den Weg freizukriegen zur Zerstörung Amerikas.
Gyrosbrot: Äh, und das soll ich jetzt glauben? (*macht ein Doppelkinn*) Kommt, ihr wollt mich doch verscheißern! Das waren doch bisher alles nur Tricks … (*unsicher*) oder etwa nicht?

Sam wendet sich zu einem unscheinbaren Bedienpult in der Wand. Nach der extrem schnellen wie lauten Eingabe über eine handelsübliche Tastatur, öffnen sich an der gegenüberliegenden Wand der Halle zwei große Flügeltüren, die unsichtbar in die Wand eingelassen waren. Zum Vorschein kommt eine Glasvitrine.

Gyrosbrot erkennt darin ein Gerät, dass ihn sehr an eine Spiegelreflexkamera erinnerte, nur größer.

Sam: (*feierlich*) Dies, mein kleiner Held, ist der Himmi!
Gyrosbrot: (*folgt Sam zur Vitrine*) Ich dachte das bekackte Gerät heißt Hummi?
Sam: Dieses Gerät (*nimmt das Kamera-Teil aus dem Glaskasten*) ist ein Enkodierungsgerät für alles Feststoffliche. Es identifiziert die spezifische ID direkt aus der Matrix, sozusagen die DNA aller Dinge! Man muss nur ein Objekt durch das Sichtelement fokussieren, den Subraumkanal per Knopfdruck etablieren und schon erscheint hier eine Nummer. (*zeigt auf das einzeilige Display*) So, wir probieren das mal mit dir aus! (*klick*) Aha! Du hast die Nummer 0703 7830 1273 2309 7208 0277 1705 5220 0353. Brauchste jetzt aber nicht gleich auswendig lernen, sind eh noch Interferenzen drin. Aber sobald wir die Weltformel im Himmi hinterlegt haben, könnten wir dich wahrscheinlich auf Knopfdruck verdoppeln. (*grinst*)
Gyrosbrot: Wieso nur wahrscheinlich?
Wagner: (*steht plötzlich hinter Gyrosbrot*) Das kann ich dir erklären. Meine Onkel, die das Ding entwickelt haben, starben leider bevor sämtliche Tests abgeschlossen waren. Danach war der Original-Himmi, in dem die Weltformel bereits einprogrammiert war, verschwunden. Mit diesem hier haben wir also noch keinen Probelauf machen können, weil uns ja die ganze Zeit die Weltformel fehlte.
Gyrosbrot: Also hatten deine Onkel so ein Ding, wo die Formel bereits drin war?
Wagner: Ja, hab ich ja gesagt, ganz genau!
Gyrosbrot: Was meinst du, wer könnte das originale Teil denn gestohlen haben?
Sam: Erst hieß es, die Polizei habe es sichergestellt. Dies wurde jedoch später als Missverständnis dementiert.
Gyrosbrot: Und seitdem ist der Himmi also weg und wir haben jetzt die Kacke am Dampfen, weil wir den bekackten Kometen nicht vom Himmel wegsubtrahieren können, hab ich das so einigermaßen richtig verstanden?

Sam: Aber natürlich können wir das. Jetzt schon! Du brauchst mir nur noch die bekackte Formel zu diktieren und dann lösen wir den bekackten Kometen einfach auf, um es mal in deiner Sprache auszudrücken. Hihi. Bekackt.

Gyrosbrot: (*an Wagner gewandt*) Ja, ähm, ich glaub sie ham mich da grad nicht aussprechen lassen ...

Wagner hört ihm schon wieder nicht zu.

Wagner: So, damit wir hier auch irgendwann mal fertig werden, Sam, pack mal endlich die Schuhe aus und lass uns unseren neuen frisch gebackenen Agenten gegen die Aliens ausstatten.

Sam legt den Himmi auf den Tisch und wendet sich wieder dem futuristischen Bedienpult zu.

Gyrosbrot: (*winkt ab*) Ah, ich weiß schon! Die Schuhe mit der Spezialsohle, um außerirdische Schleimmonster zu zertreten, stimmts?

Sam, der gerade eine vorher nicht sichtbare Schublade aus der Wand gezogen hatte, hält in der Bewegung inne und blickt irritiert über die Schulter zu Gyrosbrot.

Sam: Kann es sein, dass du zu viele Science-Fiction Filme siehst?

Wagner: Alien gibt es hier nur als Apronym für *Angehörige der Liga für Integration elektromagnetischer Netze*. Das ist eine Flächenorganisation, die es sich zum Ziel gemacht hat, den exakten Aufenthaltspunkt jedes existierenden Lebewesens zu ermitteln und zu überwachen. Es ist ihnen gelungen, sich auf sämtliche Wellen und Strahlungen aller Art aufzuschalten. Mittels eines genialen Verfahrens erstellen sie zentimetergenaue weltumspannende Karten, die den Standort eines jeden Menschen anzeigen. Es gibt nur drei sichere Möglichkeiten, nicht von den Aliens erfasst zu werden. Die eine ist, man trägt unsere Spezialschuhe. Ein eingebauter Wellentransformator bricht dein persönliches elektromagnetisches Feld und macht dich für die Sensoren der Aliens praktisch unsichtbar. Die zweite Möglichkeit ist etwas aufwändiger. Man bewegt sich mit einer Geschwindigkeit von Minimum hundertachtzig Sachen fort. Durch die kinetische Streuung der Felder können die elektromagnetischen Informationen nicht mehr vom digitalen Grundrauschen unterschieden werden. Oder, und das ist die dritte Möglichkeit, man befindet sich mindestens zwanzig Meter unter der Erde. So wie hier. Alles klar? Die Aliens haben übrigens kein eigenes Interesse an den Standortdaten, aber sie verscherbeln sie für teures Geld. Unter anderem auch an unsere Feinde. Daher müssen wir stets dafür sorgen, dass wir für sie unsichtbar bleiben.

Sam hat in der Zwischenzeit einige graue Kartons aus der Wandschublade hervorgekramt und nebeneinander auf der stählernen Arbeitsplatte der Werkbank aufgereiht. Der Reihe nach öffnet er nun die Schachteln.

Sam: Hier, die Schuhe, zieh sie am Besten gleich an. Du wirst keinen Unterschied zu deinen alten feststellen, von dem Geruch mal abgesehen.

Sam greift in die nächste Schachtel und holt eine handvoll kleiner Ampullen mit bunten Flüssigkeiten zum Vorschein, während Gyrosbrot in seine neuen Ledertreter schlüpft.

Sam: (*routiniert*) Hier sind noch ein paar Notfalltropfen. Sie sind getarnt als Bachblüten-Extrakt, achte also nicht auf die Beschriftung. Das blaue Zeug hier, ist für dich. Falls du mal verletzt oder vergiftet wirst, dann wirst du das hier trinken. Es enthält sämtliche Gegenmittel der Welt, aufgelöst in einem Cortison-Penicillin-Betablocker-Gemisch.
Gyrosbrot: (*leicht wimmernd*) ... verletzt?
Wagner: (*legt Gyrosbrot eine Hand auf die Schulter*) Keine Panik, ist wirklich nur für den Notfall bei körperlichen Verletzungen. Sam will damit nur sagen, dass du das nicht saufen sollst, wenn jemand Arschloch zu dir sagt oder behauptet, dass du Scheiße im Bett warst.
Gyrosbrot: Jjaja, d..das hatte ich schon verstanden. Für mich war eher die Frage, warum mich jemand körperlich verletzen sollte. Ich habe noch nie einer Fliege was zu Leide getan. Ich bin ein sehr friedfertiger Mensch. (*mit leichter Panik in der Stimme*) Ehrlich gesagt, wird mir das hier alles langsam ein bisschen unheimlich.

Und außerdem versuche ich euch schon die ganze Zeit zu sagen, dass ich *nicht* im Besitz der W...
Sam: (*väterlicher Ton, legt einen Arm um Gyrosbrots Schultern*) Sieh mal, du bist jetzt genauso in Gefahr, wie jeder andere, der hier arbeitet. Selbst unsere Putzfrau bekommt diese Pullen. (*zwickt Gyrosbrot in die Wange*) Kann ich jetzt weitermachen?
Gyrosbrot: (*unsicher*) Na gut, dann haun se ma rein! Kann ja wohl kaum noch schlimmer werden. (*schluckt schwer*)
Sam: Also, pass auf! Die Grüne hier ist für den Angreifer. Wenn du das untere Ende der Ampulle drückst, vergeht deinem Angreifer Hören und Sehen. Für dich selber völlig unschädlich. Die gelbe Ampulle ist für unterwegs, falls du mal Durst hast. Der Trank sorgt dafür, dass du sieben Tage keine Flüssigkeitsaufnahme benötigst. Die schwarze hier ist dafür da, es dir so richtig zu besorgen.
Gyrosbrot: (*trotzig*) Na super! Ihr habt ja wirklich an alles gedacht. Erst werde ich verletzt, dann von einem Seh- und Gehörlosen gefangen genommen, der mir kein Wasser bringt, weil er mein Flehen nicht hört und dann kann ichs mir richtig besorgen, bevor ich nach acht Tagen verdurstet bin. Oder was jetzt?
Wagner: Immerhin lebst du damit eventuell eine Woche länger. Im Ernstfall kann das deine Rettung sein.
Gyrosbrot: Na super, ham sie, also, hast du auch diese Ampullen?
Sam: Nicht direkt, jede Ampulle ist ein Unikat! Wir haben alle unterschiedliche Waffen und Verteidigungsinstrumente, damit wir für unsere Angreifer absolut unberechenbar sind. Und schon kommen wir zum wichtigsten Teil, (*betont beiläufig*) der Hirnoperation.

Bevor Gyrosbrot irgendwas sagen kann, spritzt der Wissenschaftler dem zweiten Detektiv eine seiner Ampullen ins Gesicht, worauf der alte ehrwürdige Körper von Gyrosbrot steif wie ein Brett nach hinten kippt. Im gleichen Moment öffnen sich Schächte im Boden und ein hervorschwenkender Operationstisch fängt den zweiten Detektiv sanft auf. OP-Lampen senken sich an Platindrähten von der Decke herab und eine ganze Batterie von Geräten rankt sich wie von Geisterhand klickend und klackend um die Szene. Sam holt nur noch eine Handkreissäge, ein paar weitere technische Geräte und einen Lötkolben aus dem Werkzeugkeller.

Wagner: Tja, dann sieh mal zu, dass du alles reingestopft kriegst.
Sam: (*schon voll an Gyrosbrots Birne am Herumflexen, mit Schweißerschutzbrille und Bauhandschuhen*) Hat bisher immer irgendwie gepasst. Und wenn nicht, nehmen wir ihm halt sein Sexualzentrum raus, scheint eh nicht mehr ganz intakt zu sein.
Wagner: (*muss richtig schreien, damit Sam ihn bei dem Krach überhaupt hört*) Wo sind denn die neuen Waffen?
Sam: (*schreit zurück*) Hinten, im Schrank.
Gyrosbrot: (*inzwischen bei vollem Bewusstsein, mit halboffenem Schädel*) Waffen? Wartet mal, Leute! Ich weiß ja, dass ich son bisschen Scheiße gebaut habe, aber das ist ja kein Grund …
Wagner: Ist die Rettung der Welt für dich gleichbedeutend mit Scheiße bauen? Nun, ich gebe zu, dass hier sicherlich nicht immer alles gerecht zu geht, und es gibt immer auch viele unschöne Dinge, aber das ist noch lange kein Grund tatenlos zuzusehen, wie ein Komet die ganze Menschheit auslöscht.
Gyrosbrot: Hört zu! Ich … ich helf euch ja gerne. Fühl mich ja auch n bisschen verantwortlich. Das blöde ist nur, dass ich die bekackte Weltformel …

Die Operation ist abgeschlossen und Gyros kann seinen Körper wieder einwandfrei bewegen. Beim Aufstehen segelt eine Visitenkarte, die bei dem Herumgeröppe wohl aus seiner Arschtasche gerutscht war, auf den Boden. Wagner hebt die Karte auf und liest sie laut vor.

Wagner: Was haben wir denn da? Die drei Paragraphenzeichen. Paragraphenzeichen, Paragraphenzeichen, Paragraphenzeichen. Wir übernehmen jeden Fall! Erster Detektiv, Jumbo Johnssen, aha, zweiter Detektiv Gyrosbrot Scraw, interessant, Rescherschen und Arschiv, Plastikschlitten Erdnuss. Soso, du bist also eine Schnüffelnase, oder was?
Gyrosbrot: Ja, also nein, also … bitte kommt doch mit zu meiner Zentrale und wir besprechen unsere Vorgehensweise zusammen mit meinen Freunden.

Wagner: Wozu eine Vorgehensweise besprechen. Ich gebe dir einen Scheck über (*zückt ein Scheckbuch aus seiner Westentasche, zieht auch einen Kugelschreiber von der Taschenlasche ab und schreibt*) Zeeehn Milli…arden Dolllllaaaaaar. Ferner bekommst du ein angemessenes Salär als Spion und kannst den ganzen Kram, den wir dir grade spendiert und implantiert haben, behalten. Und du gibst mir im Gegenzug (*kleine Kunstpause mit forderndem Flachhandwinken*) die Weltformel. Also schieß los, ich notiere!

Der Wagnerneffe hält mit dem Kugelschreiber über der Rückseite des Scheckbuches inne und sieht Gyrosbrot erwartungsvoll an.

Gyrosbrot: Also, nun ja. Das wollte ich die ganze Zeit schon loswerden, aber ihr habt mich ja nie ausreden lassen. Was die Weltformel betrifft … ich habe sie gar…
Wagner: (*fasst Gyrosbrot an den Arm*) Moment, merk dir, was du sagen willst. (*zu Sam*) Hol doch den Himmi, dann können wir die Weltformel direkt in das Gerät eingeben.

Mit einem leichten Anflug von Ehrfurcht kommt Sam zurück und hält den Himmi fast liebevoll mit beiden Händen. Gepiepe begleitet die folgenden Tastendrücke.

Sam: Okay, bin bereit, kann losgehen.
Gyrosbrot: (*leicht genervt*) Also! Hört mir jetzt mal jemand zu? Was ich die ganze Zeit schon sagen wollte … (*wartet kurz, ob er wieder unterbrochen wird*) … ja, ich hatte die Weltformel. Sie war in sonem kleinen Glasbären versteckt! Das bekackte Ding ist aber in den Arsch gegangen und …
Sam/Wagner: Und was?
Gyrosbrot: (*froh das es endlich raus ist*) Ich hab sie weggeworfen!
Wagner: (*ungläubig*) Du hast was?
Gyrosbrot: Naja, ich hab die Scherben achtlos weggeschmissen, in den Müll, kaputt eben. So … hehe …weg halt. Ist aber schon lange her. Also kein Grund z…

Die Situation kippt schlagartig. Gyrosbrot befürchtet das Schlimmste und versucht die Lage im Griff zu behalten.

Gyrosbrot: (*wedelt beschwichtigend mit den Händen*) Aber das macht alles nichts. Das ist kein Problem. Wir haben nämlich ein Detektivunternehmen und unser erster Detektiv, der Jumbo, der hat ganz schön was in der Birne. Ich wette, wenn ihr euch zusammentut, findet ihr ratzdifatzdi eine gute Lösung für das Dilemma. Ganz bestimmt. Hehe.
Wagner: Sam! Gyrosbrot ist ab sofort eine Persona non grata, sofort eliminieren!

Kapitel 10

Die Flucht

Sam schnappt sich das Hackebeil und haut mit voller Wucht zu. Scheinbar hatte er die von ihm selbst restaurierte Armbanduhr des Zweiten nicht mehr auf dem Tacho. Denn als das Todesbeil angerauscht kommt, übernimmt Gyrosbrots linker Arm die Verteidigung. Blitzschnell reißt sein Arm nach links herum und Gyrosbrot dreht sich um die eigene Achse. Dadurch entgeht er nicht nur dem Beil, sondern schleudert seine Rechte Hand, die durch die Drehung ordentlich beschleunigt wurde, dem armen Sam volles Rohr in die Fresse. Dieser klatscht Sekundenbruchteile später völlig stoned auf den Boden. Gyrosbrots linke Hand hatte sich währenddessen das Beil gegriffen und haut es dem Wagner vor die Rübe. Blöderweise hat dieser auch eine Verteidigungsuhr um, wodurch er das Beil noch im Schwung packte und mit nachfolgendem Salto plötzlich bewaffnet vor Gyrosbrot steht. Auge in Auge scheint die Zeit für einen Moment still zu stehen, beide bereit, sofort zu reagieren, sobald der jeweils andere sich rühren würde. Da erschrickt Gyrosbrot und geht zwei Schritte rückwärts. Sein Blick richtet sich nicht mehr auf den Wagner, sondern auf etwas hinter ihm. Wagner, sichtlich irritiert, dreht sich um. In diesem Moment springt Gyrosbrot auf ihn zu. Im Flug zieht er eine seiner Ampullen aus der Jackentasche und sprüht dem Wagnerpenner den Inhalt in die Visage. Noch bevor Wagners Verteidigungsarm reagieren kann, versteift sich der Professorenneffe wie ein Brett. Das darauffolgende Fratzengeballer, das Gyrosbrot aufgrund seines getankten Adrenalins noch hinterherschickt, war unter verteidigungstaktischen Gesichtspunkten völlig unnötig.

Gyrosbrot: (*zu sich selbst*) Schöne Scheiße. Wie komm ich denn jetzt hier bloß wieder raus? Na klar. Genauso wie ich reingekommen bin.

Gyrosbrot schleift den versteiften Körper des Wagnerneffen zur Schleuse und legt dessen Finger auf den Fingerprintscan. (Piep) Das Lämpchen geht von rot auf gelb. Danach nimmt er Wagners

Schappes hoch, reißt ihm ein Auge auf und hält es vor den Iris-Scanner. (Piep) Nun blinkt das Nummernfeld. Er lässt den leblosen Körper fallen, geht zu Sam rüber und tätschelt ihm das Bäckchen, bis dieser wieder etwas Bewusstsein erlangt.

Gyrosbrot: Der Türcode!
Sam: 1234
Gyrosbrot: (*zurück zur Schleuse*) Hätt ich mir ja denken können. (*Piep, Piep, Piep, Piep*) So, und nun, nichts wie weg!

Erst am frühen Morgen findet er es aus den Katakomben heraus. Er hatte für jede der 43 Schleusentüren einen Iris- und einen Fingerabdrucksabgleich von Wagner benötigt. Zum Glück hatte er ja genug Ampullen, um die beiden Topspione die ganze Zeit über in Schach zu halten. Draußen angekommen legt er sich für einen Moment auf den kaugummiverklebten Bürgersteig. Niemals zuvor hatte er es so genossen, die bekackten Vögel zu hören und Autoabgase in sich einzuatmen. Mit seinem alten Emschi fährt er wenig später zur Zentrale auf dem Schrottplatz Titte Johnssen.

(*Musik*)

Kapitel 11

Verschwörungstheorien

(*Am nächsten Morgen in der Zentrale*)
Gyrosbrot lässt sich völlig erschöpft in seine Sitzmulde der Couch fallen.
Plastikschlitten: Dir auch einen guten Morgen, Gyrosbrot!
Gyrosbrot: Halt die Fresse, Plastik!
Jumbo: Da wir ja nun alle da sind, kann der Datenabgleich beginnen! Wir starten mit dir, Plastikschlitten.
Plastikschlitten: Ist gut, Jumb! Also. Zunächst möchte ich zum Thema Hummi und dem Mord an den Wagners etwas sagen. Es gibt zu diesem Thema nämlich interessante Verschwörungstheorien.
Jumbo: Und die wären?
Plastikschlitten: Es gibt Leute, die glauben, dass die Wagners sich in Wirklichkeit selbst ermordet haben.
Jumbo: Ist doch nicht zu fassen! Warum hätten die das tun sollen?
Plastikschlitten: Nun, dazu gibt es auch ne Theorie. Die Wagners sollen für den Geheimdienst ZzZvzZ gearbeitet haben.
Gyrosbrot: Oh Gott, Freunde, ich kann es nicht mehr hören.
Plastikschlitten: Zwar ist diese Organisation bekannt dafür, dass sie die Geschicke der Welt durch kreative Beeinflussungen in gute Bahnen lenkt, aber die Risiken, dass so eine Maschine in falsche Hände gerät war den beiden Wissenschaftlern vielleicht dann doch zu hoch, so dass sie unter Abwägung von Für und Wieder sich dazu entschlossen haben, all ihre Entwicklungen zu vernichten, inklusive sich selbst.
Gyrosbrot: Aber warum haben sie dann nicht auch die Konstruktionspläne vom Himmi vernichtet?
Jumbo: Ich dachte, das Ding heißt Hummi? Möglicherweise waren sie ja in Bedrängnis! Jemand wollte sie spontan mit Androhung von Folter zwingen, die Formel preiszugeben.

Plastikschlitten: Ein anderer Vorfall scheint in dem Zusammenhang auch noch interessant zu sein. Und zwar verschwand genau drei Wochen vor diesem Doppelmord eine Boeing 777 vom Himmel.
Gyrosbrot: Aber ein so großes Flugzeug verschwindet doch nicht einfach so, oder doch? (*geht zur Spüle, nimmt seine Uhr ab und wäscht sich sein müdes Gesicht um nicht gleich einzuschlafen*)
Plastikschlitten: Normalerweise nicht. Dieses aber schon.
Jumbo: Ich erinnere mich an den Fall. Es war ein Flugzeug der Malaisier Erlein, Flugnummer Emha 370. Die haben monatelang nach dem Flugzeug gesucht. Das hab ich selbst in Afghanistan mitgekriegt.
Plastikschlitten: Ganz genau! Es verschwand am achten März 2014 über der Südchinesischen See, welche ein Teil des Pazifischen Ozeans ist. Und zwar genau zwischen Singapur und der Taiwanischen Straße. So, und jetzt ratet mal, wer zu dieser Zeit in Singapur Urlaub gemacht hat?
Jumbo: Die lieben Professoren Wagner?
Plastikschlitten: Ganz genau! Und zwar nicht allein. Sie waren zusammen mit ihrem Neffen Jeremy dort.
Gyrosbrot: Ich glaub, mit dem hab ich schon mal ne Nacht verbracht, hing am Ende ganz schön in den Seilen, der Gute …
Jumbo: Sag bloß, dass das der ist, den du gestern besucht hast?
Gyrosbrot: Gestern, hihi, bis grade würd ich eher sagen.
Jumbo: Habt ihr euch gut verstanden?
Gyrosbrot: Best friends, BFFs, er hat mir sogar seinen Himmi gezeigt!
Plastikschlitten: Das ist ja widerlich!
Jumbo: Jetzt halt doch mal die Fresse, Plastikschlitten, du bist grad nicht im richtigen Thema!
Jumbo: Was ist dann schiefgelaufen, Zweiter?
Gyrosbrot: Eigentlich nicht viel, außer dass sie am Anfang dachten, ich hätte die Weltformel und am Ende wussten, dass ich sie nicht hatte.
Plastikschlitten: Es gibt noch ein paar Verschwörungstheorien zum Thema Doppelmord. Nämlich, dass die Polizei, Ci-Ei-Ey, oder andere offizielle Stellen in den Mord verwickelt sind. Mög-

licherweise befürchten diese, dass die ZzZvzZ durch den Hummi zu mächtig und ihrerseits zu einer internationalen Supermacht aufsteigen würde. Für diese Theorie spricht, dass es Tatortfotos gibt, auf denen der Hummi zu sehen sein soll und auf *anderen* plötzlich nicht mehr.
Gyrosbrot: Oh Mann, Leute, das Ding heißt *Himmi*, das weiß ich aus allererster Quelle.
Jumbo: Konntest du die Fotos irgendwo einsehen, Plastikschlitten?
Plastikschlitten: Nein! Es gibt keine offiziellen Veröffentlichungen dieser Fotos. Die Aussagen sind polizeiintern herausgesickert. Es muss irgendwo eine undichte Stelle geben. Zu den Tatortfotos gibt es aus gleicher undichter Stelle noch eine Theorie.
Jumbo: Das wird ja immer spannender!
Plastikschlitten: Allerdings! Es heißt, dass die beiden Wissenschaftler die Weltformel während ihres Todeskampfes doch noch symbolisch an die Menschheit überliefern wollten.
Jumbo: Uhh, ein Rätsel, genau das hat uns noch gefehlt. Ich brauche unbedingt diese Fotos.
Gyrosbrot: Und ich brauch n Kaffee!
Plastikschlitten: Soll ich dir schnell einen machen, Gyros?
Gyrosbrot: Oh, das fänd ich herzallerliebst, Plastik.

Kapitel 12

Angriff der Zombie-Paragraphen

Für einen Moment ist es still in der Zentrale. Plastikschlitten bereitet die Kaffeemaschine vor, während Gyrosbrot sabbernd in das Reich der Träume hinüberdämmert. Jumbo wippt leicht auf seinem gammeligen Bürostuhl und betrachtet das Ende des Bleistiftes, das er gerade aus seinem Ohr gezogen hat. Er stutzt. Dann steckt er den Bleistift in das andere Ohr, dreht in hin und her und zieht ihn heraus, um das Ende erneut zu betrachten. Seine Stirn legt sich in Falten. Jumbo will gerade aufstehen, als sich neben ihm die Wohnwagentür öffnet. Ein frischer Luftstrom ergießt sich in die Zentrale. Ohne aufzustehen beugt Jumbo sich seitlich vor, um zu sehen, wer die Tür geöffnet haben könnte. Doch anstelle des gewohnten Ausblicks auf den Schrottplatz und den platt getrampelten Matschrasen vor dem Eingang blickt er ... IN die Zentrale. Jumbo kneift die Augen zusammen und schüttelt den Kopf. Langsam öffnet er wieder die Augen. Er kann nicht glauben, was er da sieht. Vor ihm, wo eigentlich der Ausgang der Zentrale sein sollte, wo er eigentlich die Morgensonne erwartet hatte, wie sie den Vorplatz mit den unsortierten Schrotthaufen und die Vorderseite des Wohnhauses der Johnssens in leichtem Bronzeton langsam dem Tag übergeben würde, begleitet von erwachendem Vogelgezwitscher und leichtem Modergeruch, ja, genau da, blickt er statt aus der Zentrale hinaus, in die Zentrale hinein. Gyrosbrot und Plastikschlitten sitzen dort auf ihren Plätzen und winken ihm grinsend zu. Zwischen den beiden steht sein Sessel. Dort sitzt er selbst. Jumbo springt mit einer behänden Drehung auf. Gyrosbrot und Plastikschlitten hinter ihm winken nicht. Der Hier-Plastikschlitten kocht nach wie vor Kaffee und der Hier-Gyrosbrot pennt auf der Couch. Jumbo erstarrt für einen Moment. Dann, als wolle er seinen eigenen Schatten austricksen, reißt er sich wieder herum und glotzt wieder durch den Ausgang in die Gegenzentrale. Drüben-Gyrosbrot und Drüben-Plastikschlitten winken noch immer. Langsam streckt Jumbo die Hand Richtung Zentralentür. Er ist auf alles gefasst. Dass ihn eine Strahlenwand zurückhalten, seine Hand verdampfen, oder dass er an einen Spiegel stoßen würde. Nichts war jetzt noch unmöglich. Langsam näheren sich seine Fingerspitzen zitternd dem Ausgang und passieren schließlich die Schwelle. Kein Spiegel, keine Strahlenwand, keine Dampfhand. Jumbo zittert jetzt am ganzen Körper.

Jumbo: (*mit weit aufgerissenen Augen, leise stotternd*) Das ist eine N... Nachricht an a... alle, d..die mich hören können und real sind. Ho... holt ... holt mich s..so schnell wie möglich hier raus, bevo... hor ich den Verstand verliere.

Jumbo schaut flehend zu Drüben-Jumbo und Drüben-Plastikschlitten und dreht sich erneut herum zu Hier-Gyrosbrot und Hier-Plastikschlitten.

Jumbo: (*Panik*) KOMMT LEUTE, WIR MÜSSEN RAUS HIER.

Jumbo sprintet quer durch die Zentrale und springt kopfüber durch eines der hinteren Fenster. Zumindest war das sein Plan. Eigentlich macht er einen Seemannsköpper mit Anlauf direkt durch die Wohnwagenrückwand. Plastikschlitten lässt vor Schreck den Kaffeepott fallen, macht noch schnell die Kaffeemaschine aus und springt ebenfalls durch das Loch, das Jumbo soeben reingescherenschnittet hatte. Nun erheben sich die mittlerweile metallisch lachenden Drüben-Paragraphen von ihren Sitzen und schlurfen langsam mit ausgestreckten Armen auf den schlafenden Gyrosbrot zu. Gyrosbrot räkelt sich nichtsahnend auf dem Sofa.

Gyrosbrot: (*im Halbschlaf*) Ist der Kaffee fertig, Plastik?

Die Augen der Paragraphenzombies sind pupillenleere Flecken. Grummelnd kommen sie nun immer näher. Die Fenster der beiden Zentralen, hüben wie drüben, zersplittern plötzlich und Arme wuseln aus allen Öffnungen. Dünne alte Arme, die grapschend versuchen ihre Körper nachzuziehen. Ein riesiges Schlachtermesser rammt durch die verfaulte Zentralenwand und schlachtet den Weg frei für eine grünschimmernde monsterhafte Gestalt. Erst als dieses jabba-the-hutt-ähnliche Vieh mit Getöse in den Raum bricht, erkennt Gyrosbrot die Gefahr.

Gyrosbrot: Huhääh, haut ab! Jumbo, Plastik, Hilfe, wo seid ihr?

(*Kamera-Zoom-Out, Schwenkfahrt rückwärts in den Nachthimmel mit Fokus auf die beiden Zentralendächer, dazwischen Zombiegewusel, dann Totale vom gegenüberliegenden Hochhaus, Audio mit ausklingendem Nachhall*) Retteeeeet miiiiiich! (*Schwarzblende in Totale*)

Die ersten Hände ergreifen Gyrosbrots Hals und schnüren ihm die Kehle zu. Er versucht sich aus dem Griff zu befreien, doch es werden immer mehr Hände, immer mehr Zombies. Gyrosbrot wühlt in seiner Manteltasche nach der blauen Ampulle. Er kippt sie sich in den Mund und schafft es so grad noch das Zeug durch seine zugedrückte Kehle herunterzuwürgen. Nun findet er die grüne Ampulle und schüttet sie der Zombie-Tatilda frontal in die Fresse. Die dürfte zwar jetzt, wenn Gyrosbrot es sich richtig behalten hat, nichts mehr hören und sehen können, aber am Kehlezudrücken hindert es sie nicht sonderlich. Nun nimmt er die restlichen Ampullen, spritzt sie dem Schwabbel-Zombie in die eitrige Visage und endlich fällt die fette Zombie-Mante tot mit dem Kopf in seinen Schoß. Angeekelt schubst er die Monsterrübe an die Seite und will grade fliehen, als ihn ein Zombie-Jumbo am Arm festhält und mit leeren Augen anstarrt. Gyrosbrot haut ihm so fest er kann mit der Faust in die Fresse, so dass Zombie-Jumbos Kiefer vor die Wohnwagenwand scheppert. Der Jumbozombie röchelt Gyrosbrot eine volle Ladung grüner Kotze in das Gesicht und sackt dann in sich zusammen. Gyrosbrot springt auf und packt sich den nächsten Zombie, diesmal ist es ein Plastikschlitten. Mit infernalischem Gebrüll kickt er ihm mit Karacho in die Eier. Wieder und wieder tritt Gyrosbrot um sich, bis die Jumbos und Gyrosbrote und Plastikschlitten alle darniederliegen. Gerade will er sich umwenden und nach seinen Freunden rufen, da steht plötzlich wieder eine Zombie-Mante mit glibberaussabberndem Grinsen und in die Hüften gestemmten Fäusten wie ein Boss-Gegner direkt vor ihm. Gyrosbrot tritt ihr volle Möhre in den Schritt, sodass ihm fast sein dünnes Bein gebrochen wäre. Doch der Mantezombie rührt sich nicht vom Fleck. Er grinst ihn nur von oben herab an. Gyrosbrot staunt noch, als Zombie-Tatilda ihm zwischen die Beine und an die

Schulter packt und ihn mit mächtiger Gewalt nach oben reißt. Gyrosbrot schreit, doch die Mante lacht nur stumm und dreht sich mit Gyrosbrot hoch über sich immer schneller und schneller. Dann wirft sie ihn volles Rohr gegen eine der vielen Zentralenwände, die der Wucht des Aufpralls allerdings nicht standhält. Gyrosbrot feuert raus aus der einen und rein in eine dritte Zentrale. Dort stehen nun wieder Untote auf dem Programm und noch eine Mante Tatilda im Zombie-Look. Gyrosbrot schreit nicht mehr. Hatte er sich vor ein paar Minuten noch mit vier Zombies auseinandergesetzt, so standen nun hunderte Manten, Jumbos und Gyrosbrote vor ihm. So unrealistisch das auch alles sein mochte, Gyrosbrot spürte, dass es jetzt und hier um seinen nackten Arsch ging, den er mit allen Mitteln verteidigen musste. Während nun die Zombies und die Megazombies auf ihn zukommen, schaut er sich in Zentrale Nummer drei um. Er rennt zum Bücherschrank und wirft den heranwackelnden Mutanten die Bücher und Kisten vor die Köpfe. Einige erwischt er so gut, dass die Getroffenen zu Boden gehen. Doch sie kommen immer näher und näher und die Bücher gehen ihm aus.

Gyrosbrot: Scheiße, ich hab keine Bücher mehr! Oh Gott, dass kann doch nicht wahr sein.

Das letzte Buch, dass er gerade aus dem Regal reißt und den Angreifern entgegenwerfen will, lässt ihn zögern. Es ist die Heilige Schrift. Schnell schlägt er sie auf und beginnt zu lesen, in der Hoffnung, diese gottlosen Gestalten damit fernhalten zu können.

Gyrosbrot: Isaak war der Sohn von Abraham und wurde 267 Jahre alt. (*Gyrosbrot wird es schummrig, während die Zombies weiter näherkommen*) Jacob war der Sohn von Isaak und wurde 432 Jahre alt. (*mittlerweile sieht er Doppelbilder, was ihm das Lesen extrem erschwert*) Josef war der Sohn von ...

(*Musik*)

Kapitel 13

Totschlag

Mutter: So, nun ist aber genug mit Lesen.

Gyrosbrot blickt auf. Er sieht in das Gesicht seiner Mama, die auf der Kante seines Bettes sitzt und ihn mit liebevoll leuchtenden Augen anglänzt, mit einem Lächeln, wie nur Mütter es können.

Gyrosbrot: Mama!
Mutter: Gute Nacht, mein Junge!

Sie nimmt Gyrosbrot die Bibel aus den Händen, drückt ihm einen zärtlichen Kuss auf die Stirn, steht auf, geht zu Tür, blickt sich noch einmal herzerwärmend zu ihm um, löscht das Licht und schließt die Tür. Gyrosbrot sitzt auf seinem damaligen Kinderbett und kann nicht fassen, was los ist. Er steht auf und tastet sich blind durchs stockdunkle Zimmer.

Gyrosbrot: Wo ist denn noch mal der bekackte Lichtschalter?

Zu ungeduldig läuft er mit ausgestreckten Händen los und kracht volle Kanne mit seinem nackten kleinen Zeh vor eine seiner dämlichen Fünf-Kilo-Hanteln, die er wohl mal wieder nicht aufgeräumt hatte. Er will nicht schreien, er will nicht heulen, deshalb jammert er vor Schmerzen leise vor sich hin, während er sich schützend seinen linken Fuß hält. Als er wieder einigermaßen laufen kann, humpelt er weiter Richtung Lichtschalter. Es dauert nicht lange, da semmelt er mit demselben Zeh vor die zweite Hantel und abermals legt er zum Winseln eine kleine Rast ein. Um den Schmerz zu kanalisieren, beißt er sich in den linken Unterarm und haut mit der rechten Hand auf den Boden. Wie ein Vorschlaghammer-Telegramm trifft eine neue Schmerzmeldung ein, die ihn nun endgültig laut Aufschreien lässt. Eine verfickte Reiszwecke muss wohl da herumgelegen haben. Nun steckt sie bis zum Anschlag in seiner rechten Faust. Mit geschwollen Gesichtsadern entfernt er die Reiszwecke aus seinem Handballen, als er Treppenstufen knarzen hört.

Gyrosbrot: (*flüstert zu sich selbst*) Scheiße, Mama hat das gehört. Mist, schnell zurück ins Bett.

Gyrosbrot rennt zurück Richtung Bett. Dabei haut er so brutal mit dem rechten nackten Fuß vor die erste Hantel, dass er sie ungewollt, wie Uli Hoeneß 1976 seinen Elfmeter, durch das offene Fenster in den schwarzen Nachthimmel schießt. Das Krachen seiner Fußknochen wurde von seinem gellenden Schmerzensschrei begleitet. Gyrosbrot wird während seines Sprungfluges zurück ins Bett bewusstlos, und liegt wieder scheinbar friedlich auf seiner Bettdecke, als Misses Scraw in sein Kinderzimmer kommt und das Licht anmacht.

Mutter: Hast du schlecht geträumt?

Die Mutter setzt sich am Fußende auf seine Decke, bedauerlicherweise genau auf seinen rechten Fuß. Gyrosbrot erwacht durch einen Schmerz, vergleichbar mit einem Zehn Quadrilliarden Volt Stromschlag.

Gyrosbrot: (*schreit mit weit aufgerissenen Augen*) BIST DU BESCHEUERT?

Der Schmerz bringt ihn wieder in die Waagerechte und ein uralter vom Unterbewusstsein gesteuerter Reflex lässt Gyrosbrots Hand eine weite 180 Grad Ausholbewegung nehmen und schlägt mit brachialer Gewalt direkt auf das Ohr seiner Mutter ein, so dass ihr Kopf volle Granate gegen die Kinderzimmerwand brettert und von oben nach unten aufplatzt. Ihr toter Körper fällt dabei so unglücklich, dass er nun auf beide verletzten Füße fällt und Gyrosbrot nun richtige Schmerzen hat und nicht diesen Pippifax mit dem Blitz von grade. Er bekommt auch nicht mal mehr einen Ton heraus. Kein Wunder. Er atmet nämlich nicht mehr. Er muss handeln, aber wie? Er greift seine Mutter an den Haaren und reißt ihren Kopf wieder nach links rüber, wobei ihr Leichnam nun komplett vom seinem Bett fällt und ihr Schädel an der scharfen Kante seines Marmortisches endgültig aufknackt. Ihr hübsches Gesicht ist nun von blutverschmierten Haaren bedeckt und in zwei Hälften geteilt. Gyrosbrot weiß nur eins. Er muss schnell verschwinden. Mit völlig zerstörten Füßen humpelt er auf seinen Versen zu den Skistöcken und schwingt sich zum Fenster. Kopfüber springt er in den Rhododendron-Busch direkt unter dem Fenster. Aus dem Haus hört er seinen Vater schreien.

Vater: GYROSBROT, BLEIB STEHEN, DU GOTTVERDAMMTER HUUUUUURENSOOOOOOHN! NA WARTE, WENN, ICH DICH IN DIE FINGER KRIEGE DANN KANN ICH GLEICH EIN DOPPELGRAB BESTELLEN!

Gyrosbrot: (*denkt*) Dieser Dreckskerl hat schon immer so gebrüllt. Lässt ja tief blicken, wenn er seinen eigenen Sohn als Hurensohn bezeichnet.

Aber hat er das überhaupt? War Gyrosbrot überhaupt sein Sohn? War das überhaupt seine Mutter gewesen? Sah die Frau, die ihn ins Bett gebracht hatte, wirklich aus wie seine Mutter? Und wie hatte sie ihn ins Bett bringen können? Seine Mutter hatte ihn doch nie ins Bett gebracht. Sie war immer arbeiten, wenn Gyrosbrot ins Bett musste. Gyrosbrot liegt noch immer in dem Busch vor der Eingangstür. Er kennt die Situation, in der er sich befindet, das Gefühl, das er fühlt und er weiß auch irgendwie, was gleich geschehen wird. Deshalb sucht er die rechte Buschseite ab, bis seine Hände das alte Gewehr ertasteten. Gyrosbrot kennt die Waffe gut. Ein Unterhebelrepetierer, der 1860 von Christopher Spencer entwickelt und im amerikanischen Bürgerkrieg und in den darauffolgenden Indianerkriegen eingesetzt wurde. Sein neuer dicker Freund Jumbo hatte ihn damals gefunden und wieder in Ordnung gebracht. Sie versteckten den Ballerman gemeinsam in diesem Busch, da keiner von deren Existenz wissen durfte. Obwohl Jumbos Vater selbst ein Waffen-Freak war, wollte er nicht, dass sein Sohn eine Waffe besitzt. Aber jetzt steht dieser Hochleistungscholeriker dort oben am Fenster und zielt mit seinem Elefantentöter auf Gyrosbrot herab. ‚So, du kleiner Scheißhaufen, jetzt bist du fällig!'. Geistesgegenwärtig reißt Gyrosbrot sein Spencer hoch und drückt ab. Der Mann am Fenster nimmt verblüfft ganz langsam sein Gewehr wieder herunter, während ein kleiner Blutfaden dem leicht qualmenden Loch auf seiner Stirn entspringt und sich sein Gesicht entspannt. Es ist nicht sein Vater. Es ist der Vater von

Jum... und schon fällt der Leichnam vorn über aus dem Fenster volles Brett auf Gyrosbrots Füße. Ein gellender Schrei zerreißt die Nacht. Gyrosbrot rollt den toten Körper von sich herunter und windet sich erschöpft aus dem Gebüsch heraus. Auf den Fersen humpelt er stöhnend davon.

Gyrosbrot: (*denkt*) Schnell weg, verdammte Scheiße. Ich habe Misses Johnssen getötet (*Tränen füllen seine Augen*).

Wieso war sie in seinem Zimmer gewesen? Und war es sein Zimmer? Er hatte doch gar kein eigenes Zimmer. Niemals gehabt. Außerdem waren seine Eltern gar keine richtigen Eltern für ihn gewesen. Niemals nicht. Er kannte seinen Vater nicht einmal. Gyrosbrot sei nur ein Arbeitsunfall, so beschrieb es seine Mutter gelegentlich und meinte das durchaus wörtlich. Sie wohnten in einem Zimmer eines großen Hotels, in dem der Vermieter sich zur jeden vollen Stunde die Miete abholte. Wenn Besuch da war (und das war meistens der Fall) musste Gyrosbrot draußen im Hof warten. Die Mutter seines neuen Freundes Jumbo hatte ihm zu der Zeit angeboten, jederzeit zu ihm kommen zu können. Von diesem Angebot machte Gyrosbrot von da an regelmäßig Gebrauch, sodass ihm irgendwann sogar ein eigenes Kinderzimmer im Haus der Johnssens eingerichtet wurde. Einige Zeit später nannte er Jumbos Mutter ‚Mama'. Gyrosbrot rennt weiter. Die Schmerzen in den Füßen weichen mit jedem Schritt der Taubheit. Er hatte Misses Johnssen getötet. Die einzige Person, die jemals liebevoll zu ihm gewesen war. Und er hatte Mister Johnssen getötet. Um ihn war es nicht so schade, aber wie sollte er seinem Kumpel Jumbo erklären, dass er seine Eltern auf dem Gewissen hat? Jumbo macht derzeit Urlaub bei seinem Onkel Titte und seiner Mante Tatilda. Die Polizei! Sie wird Fragen stellen! Ich muss zur Polizei! Ich erzähle denen von einem Überfall. Genau, und ich habe mich mit einem Sprung aus dem Fenster gerettet während der Einbrecher die Johnssen getötet hat.

Kapitel 14

Ein böser Verdacht

Gyrosbrot: (*wie in Trance*) Es war ein Unfall ...
Jumbo: Ich glaub wir haben ihn wieder!

Gyrosbrot reißt die Augen auf.

Gyrosbrot: Wo bin ich?
Jumbo: Ruhig, Zweiter, wir sind bei Kocker, in Sicherheit! Wir konnten dich so grad noch retten, bevor die Zombies dich aufgefressen hätten.
Gyrosbrot: Was? Die gabs wirklich?
Plastikschlitten: Ja!
Gyrosbrot: (*richtet sich stöhnend auf*) Warum habt ihr Löffel in der Hand!
Jumbo: Damit haben wir dir auf den Kopf geklopft, um dich wach zu machen!
Gyrosbrot: Noch nie was von nem Eimer kaltem Wasser gehört?
Jumbo: Wäre dir das lieber gewesen?
Gyrosbrot: Nee! Aber ... ach schon gut. (*zaust sich durch die Haare*) Wie habt ihr mich eigentlich gerettet, ihr ward doch gar nicht mehr da?
Jumbo: Als wir gemerkt haben, dass du nicht hinter uns hergesprungen bist, haben wir Kocker angerufen und ihn um Hilfe gebeten. Zusammen mit ihm konnten wir eine Schneise durch die Zombies ballern und dich im letzten Moment da rausziehen. Es grenzt an ein Wunder, dass du unverletzt davongekommen bist!
Gyrosbrot: Dann wars die richtige Ampulle! Gott sei Dank!
Jumbo: Was du brauchst, ist ne richtige Pulle!
Gyrosbrot: Ja, gute Idee!
Jumbo: Plastikschlitten, hol Gyros doch mal n kaltes Bier!
Plastikschlitten: Ist gut, Jumb!

Plastikschlitten bleibt mit ausdruckslosen Augen sitzen. Gyrosbrot stellt seinen Fuß auf den Tisch und zieht das Hosenbein hoch.

Gyrosbrot: Alles wieder heile. Beruhigend. Wie bin ich eigentlich hier hingekommen?
Kocker: Seit neuestem bin ich stolzer Besitzer eines Helikopters.
Gyrosbrot: Aha, gratuliere! Und wo kamen die bekackten Zombies her?
Jumbo: Hm. Das ist schwer zu sagen. Es waren ja nicht irgendwelche Zombies, sonst könnte man von einem mutierten Virus ausgehen, der sich im Stammhirn von Toten einnistet und sie dadurch wieder zum Leben erweckt. Aber dies waren ja keine wildfremden Toten, sondern unsere kopierten Körper.
Plastikschlitten: Kopiert, wir wurden kopiert?
Jumbo: (*genervt*) Halt doch mal die ... (*anerkennend*) kopiert, ja, hmmm. Jemand könnte einen funktionierenden Hummi, äh, also Himmi benutzt haben. Was heißt hier könnte? Es muss, es muss, es muss einfach!
Kocker: Das kann nicht sein, Jumbo, den anderen Himmi habe ich, ähh (*übertriebenes Räuspern*), ich meine, der andere Himmi ist vor langer Zeit verschwunden.
Jumbo: Ja, es scheint so, aber wenn alles ausgeschlossen werden muss, ist das was übrigbleibt, die Lösung.

Gyrosbrot zieht seinen rechten Latschen aus. Eine alte Socke mit einem Loch auf Höhe des Zeigezehs kommt zum Vorschein.

Gyrosbrot: (*völlig außer sich*) Mein Fuß! Jumbo, mein Fuß ist wieder heile. Schau doch, hier!
Jumbo: Das ist schön und wir freuen uns gewaltig für dich, Gyrosbrot! Dennoch würde ich gerne meinen Gedanken zur Lösung des Falles weiter vorantreiben. Das geht nicht, wenn hier ständig neue Themen angeschnitten werden!
Kocker: Will jemand n Bier?
Gyrosbrot/Jumbo: Ich!
Plastikschlitten: Ich hätt gern ne Limo!
Jumbo: Ham sie vielleicht noch irgendwas zu knabbernsöa? Die Salzstangen hier sind alle.
Kocker: Klar, Jumbo!
Jumbo: Müssen auch nicht unbedingt Salzstangen sein, ich nehme auch gerne was Leckereres, Schippse wären coolsöa.

Kocker: (*den Raum verlassend*) Ok, ich schau mal.
Jumbo: Aber nicht die billigen aus dem Discountersöa!
Kocker: (*von draußen*) Natürlich nicht!
Jumbo: Und nicht mit Käse!
Kocker: (*noch weiter weg*) Schon klar!

Die drei Paragraphen warten auf dem Sofa, bis Inspektor Kocker wieder hereinkommt. Er trägt ein Tablett mit vier Bieren und einer Schüssel Schippse und stellt es auf den riesigen Couchtisch.

Kocker: So, greift zu, meine Herren!
Jumbo: (*greift beidhändig in die Schüssel und frisst die Schippse, in dem er seine Hände wie ein Futtertrog vor sein Gesicht hält*) Waren sie damals am Tatort, als die Professoren ermordet wurden, Inspektor Kacker?
Kocker: Nein, zunächst waren nur zwei Streifenpolizisten aus unserer Dienststelle vor Ort. Sie waren unerfahren und mit der ganzen Situation völlig überfordert. Sie haben viel zu spät die Spurensicherung und die Kripo zu Hilfe gerufen. Vorher haben sie auf eigene Kappe versucht zu recherchieren, haben Sachen verschoben, Dinge vom Tatort entfernt und mit ihren Wichsgriffeln und Füßen viele wichtige Spuren verwischt. Ob das der Grund dafür ist, dass der Mord bis heute nicht aufgeklärt wurde, bleibt dahingestellt. Geholfen hat es sicherlich nicht.
Jumbo: Wissen sie, was die beiden Polizisten vom Tatort entfernt haben?
Kocker: Belangloses Zeug! Ich hab es weggeworfen. Nichts, was mit Verbrechen auch nur ansatzweise zu tun hatte!
Jumbo: Und der Himmi war nicht dabeisöa?
Kocker: Also, ähm, nun ja, wie ich sagte, war nichts von Belang dabei.
Jumbo: Also muss der Mörder den Himmi geklaut haben. Und nun spielt er uns damit üble Streiche, aber warum?
Gyrosbrot: (*rülpst*) Wir sind ihm vielleicht im Weg.
Jumbo: Bei was? Wir haben doch bisher nicht viel gemacht.
Gyrosbrot: Oh. Conträäähr! Ich glaub ich habe euch da etwas noch nicht erzählt.

Gyrosbrot bringt die anderen auf den neusten Stand, was seinen Besuch bei dem Wagnerneffen betrifft. Wie er in Ungnade gefallen war und sich nur mit brutaler Gewalt mühselig aus dem Gebäude befreien konnte.

Jumbo: Dann hätte der Wagnerneffe tatsächlich ein Motiv, sowohl für den Mord, als auch dafür, uns eins auszuwischen.
Plastikschlitten: Du meinst, dann hat er also den funktionierenden Himmi?
Jumbo: Natürlich!
Plastikschlitten: Und warum braucht er dann noch die Weltformel? Die ist doch dann schon installiert?
Gyrosbrot: Vielleicht will er in die Massenproduktion gehen.
Jumbo: Oder er will die zehn Trilliarden Dollar, die zur Wiederbeschaffung ausgelobt sind!
Kocker: Was schlägst du vor, Jumb? Sollen wir den Wagner verhaften?
Jumbo: Ja, das wäre ne Maßnahmesöa!
Gyrosbrot: Möglich, dass ich n noch größeres Arschloch bin als der Wagner, aber wenn mich einer verhaften würde und selbiger dann meine Hilfe anfragt, um einen bekackten Kometen zu stoppen … also ich würde ihm den Tipp geben sich die Hose auszuziehen, sich breitbeinig hinzustellen, seinen Kopf durch seine Beine zustecken, um sich selbst am Arsch zu lecken.
Kocker: Ist n interessanter Punkt, Gyrosbrot.
Plastikschlitten: Das heißt also, Gyrosbrot, du musst dich mit dem Wagner wieder versöhnen, damit wir mit der Weltformel überhaupt was anstellen können. Denn nur er verfügt über einen Himmi, sei es mit programmierter Weltformel oder ohne.
Jumbo: Halt die …
Gyrosbrot: … Fresse, Plastik! Das ist nicht dein Fachbereich! Die wollten mich töten. Wenn ich da noch mal klopfe, bring die mich auf der Stelle um!
Kocker: Nicht, wenn ich dich begleite!
Gyrosbrot: Polizeischutz, das klingt schon besser! Darf ich hier rauchen? (*holt eine kleine Pfeife aus seiner Manteltasche*)
Kocker: Klar, wenns kein Crack ist! (*grinst freundlich*)

Gyrosbrot lächelt freundlich zurück und steckt seine Pfeife unauffällig wieder in den Mantel.

Jumbo: Wenn der Wagner aber den funktionierenden Himmi, also den Weltformelhimmi, nicht besitzt, brauchen wir immer noch die bekackte Weltformel. Und da der Glasbär unauffindbar in der Wüste liegt, bleibt nur noch eine Möglichkeit. Plastiktitten, du sagtest was von einer Verschwörungstheorie, die besagt, dass die sterbenden Professoren möglicherweise im Todeskampf die Weltformel symbolisch darstellten. Inspektor Koxer, sie haben doch die Bilder vom Tatort damals gesehen, nicht wahrsöa?
Kocker: Ja, Jumbo!
Jumbo: Können sie den Tatort für uns beschreiben?
Kocker: Ich kann ihn nicht nur beschreiben, ich habe sogar ein Foto hier!
Jumbo: Wie bitte?
Kocker: Ich hatte mir von einem Bild einen Abzug machen lassen. Damals war ich noch eifrig genug, dass ich mich sogar in meiner Freizeit mit den laufenden Fällen beschäftigt habe. Moment, ich hol es.

Kocker steht auf und kramt in einem der Schränke aus versteinertem Kreidezeit-Mahagoni herum.

Kapitel 15

Der rätselhafte Tatort

Kocker: Ahja, hier, das ist das Bild vom Tatort. Es gibt da einige kryptisch anmutende Aspekte. Ob diese jedoch zum Auffinden der Weltformel dienen oder etwas anderes bedeuten, wissen wir nicht.
Jumbo: Woran sind sie eigentlich gestorben? Ich kann keinerlei Verletzungen erkennen.
Kocker: Ich lebe ja auch noch. Ich bin zwar alt, aber noch nicht tot ... ach so, du meinst die Professoren, ja *die* wurden in ihrem eigenen Panikraum eingeschlossen. Da der Raum nie als solcher genutzt wurde, waren der Notstrom für die Sauerstoffversorgung und die Türautomatik nicht mehr im Betrieb. Dadurch ging die Tür nicht mehr auf und sie sind elendig erstickt.
Jumbo: Aber sie hatten noch ne Menge Zeit und konnten noch diese skurrilen Hinweise hinterlassen.
Plastikschlitten: Der eine hat sich wohl eingepisst. Kuck mal, der Rechte von den beiden hat voll die Pisslache zwischen seinen Beinen. Was da wohl für ne Botschaft dahintersteckt ... vielleicht, dass sie sich gerne verpissen würden?
Jumbo: Halt die Fresse Plastik! Wir versuchen hier *zu arbeiten*!
Gyrosbrot: Bei jedem Toten entleert sich die Blase, Plastik, das ist also nicht weiter ungewöhnlich.
Plastikschlitten: Bei dem linken ist keine Pisslache. Ob der wohl noch lebt?
Jumbo: Jetzt halt endlich die Fresse, Plastik. Das hier ist etwas zu kompliziert für dich! (*konzentriert sich auf das Foto*) Also schauen wir noch mal in Ruhe.
Gyrosbrot: Gut! Also der linke hat keine Hose mehr an und liegt auf dem Bauch. Er hat irgendein Obst zwischen den Arschbacken klemmen, so dass die Backen weit aufgerissen sind. Neben ihm liegen Buntstifte, rechts daneben Sandspielzeug, Teile eines rausgerupften Bonsaibaumes und daneben ein Tetra Pak laktosefreie Milch. Ja, und dann der andere eingepisste Professor ohne erkennbare Hinweise.
Inspektor Kocker: So ein Schwachsinn, nicht wahr?

Plastikschlitten: Auf jeden Fall!
Jumbo: Halt die Fresse, Plastik! Das ist hier nicht dein Fachbereich!
Plastikschlitten: Sag mal, was ist eigentlich mit deiner Mante, Jumb? Meinst du, die wurde auch von den Zombies angegriffen?
Jumbo: Halt die Frä... ach du Scheiße! Daran hab ich ja noch gar nicht gedacht!
Kocker: Ich kann ja mit Plastikschlitten mal zur Zentrale rüber fliegen und nach deiner Mante sehen und für Ordnung sorgen.
Jumbo: Gut. Und du, Gyros, fahr du zu dem Wagner und kläre den kleinen Disput mit ihm!
Gyrosbrot: Was ist mit meinem Polizeischutz?
Jumbo: Matilda benötigt ihn jetzt dringender. Und sieh zu, dass der Wagner den Himmi schon mal auf dem Dach aufbaut. Ich komm nach, sobald ich das bekackte Rätsel gelöst habe.

(*Gekreische und Sirenengeheul von draußen*)

Kocker: Was ist das für ein Lärm?
Plastikschlitten: (*stürzt zum Fenster*) Was für ein Aufgebot. Und Leute stehen auf der Straße und schauen zum Himmel.
Jumbo: Ach du Scheiße. Dann ist der Komet wohl bereits mit bloßem Auge sichtbar. Nun dauerts nicht mehr lange, bis die Panik endgültig ausbricht und die Straßen mit fliehenden Menschen und ihren Autos verstopft sind. Es ist besser, wenn ihr alle mit dem Heli fliegt. Inspektor, würden sie Gyros zum Wildschweineierbullewar fliegensöa, bevor sie meine Mante retten?
Kocker: Klaro Jumbo, kommt, Kollegen!

Kocker, Gyrosbrot und Plastikschlitten sprinten aus dem Raum.

Jumbo: (*zu sich selbst*) Das ist doch mein Spruch! Aber nagut, irgendwie sind wir ja alle so ne Art Hilfspolizisten. Hab ja die Unterstützungsempfehlung von der Putzfrau immer bei mir! Ach Kacke. Hätte ich doch Kocker grad noch eine Empfehlung unterschreiben lassen können. Obwohl ... ich glaub die Frau Schnickenfittich genießt ein höheres Ansehen in der Bevölkerung, als unser Inspektor.

(*Musik*)

Mit dem Heli fliegen Gyrosbrot, Plastikschlitten und Kocker über Rambo Bietsch. Von oben ist das Ausmaß des Chaos noch besser zu sehen. Es sieht aus wie am ersten Tag des Sommerschlussverkaufs. Menschen rennen hastig umher, stürmen Gebäude oder liegen in Knäulen nackt auf den Wiesen. Manche sitzen auch einfach nur auf Campingstühlen in ihren Gärten und schauen mit Ferngläsern in den Himmel. Über eine Winde wird Gyrosbrot auf das Haus des Wagner-Neffen abgeseilt. Unten klinkt er sich aus, tritt die Tür zum Treppenhaus ein und verschwindet in dem Gebäude. Kocker legt seinen Hubi auf die Seite und fliegt in elegantem Bogen mit Spitzengeschwindigkeit Richtung Osten davon. Derweil sitzt Jumbo eierkraulend und anschließend an den Fingern riechend (ähnlich wie Jogi Löw bei der EM 2016) auf dem üppigen Sofa von Kockers Luxusvilla und betrachtet konzentriert seine Großfamilienpizza, die ihm im hausinternen Steinofen von dem hausinternen Pizzaservice gebacken und gebracht wurde. Jumbo verschlingt die ersten Stücke der Maffiatorte ohne unnötiges Kauen. Vor ihm flimmerte die Verblödungsmaschine, in der es anscheinend nur noch ein Thema gibt. Er schaltet auf die Lokalnachrichten um, die seine Fressgeschwindigkeit rapide drosselten.

Reporter: Der Komet rast mit hoher Geschwindigkeit auf Rambo Bietsch zu. Wie sie sehen, ist deshalb hier ne Panik ausgebrochen. Alle Zufahrtsstraßen sind verstopft. Es gibt kein Entrinnen mehr. Abgesehen davon, müsste man sich schon mit Schallgeschwindigkeit fortbewegen, um dem Kometen und seinen Folgen überhaupt noch rechtzeitig entgehen zu können, denn die Auswirkungen eines solch wuchtigen Brockens auf der Erdoberfläche wird mit total tödlicher Sicherheit ganz Amerika ausradieren. Die Druckwelle und die Brände sowie die Verdunkelung der Atmosphäre durch eruptierende Vulkane werden es dem Rest der Welt besorgen und die Erde sterilisieren. Denn es ist wahrscheinlich, dass durch die Erschütterung des Aufpralls, der komplette Gelbstein Nationalpark explodieren wird, der, wie man heute weiß, nichts anderes als ein schlecht schlafender Supervulkan ist, mit einer Magmakammer von der Größe Mexikos. Und da das Ende offensichtlich nah ist, werde ich kein Geld mehr für diesen Auftritt hier überwiesen bekommen. Deshalb werde ich nun den letzten Punkt meiner Löffelliste streichen und mir vor der ganzen Welt, live und in Farbe in aller Öffentlichkeit einen schleudern.

Als der Reporter grad die Hose herunterzieht und seinen Prengel bereits in die Kamera hält, wird Jumbo plötzlich klar, dass es keine Zeit mehr zu verlieren gilt. Er nimmt das Tatortbild, wischt etwas Käse von einer Ecke und beginnt im Wohnsaal auf und ab zu laufen. Gedankenverloren knetet er an seinem Sack, ein sicheres Zeichen dafür, dass er nachdenkt. Am Fenster angelangt, schaut er nach draußen. Um das, was er dort sieht, als Chaos zu bezeichnen, müsste das, was er da sieht, um einiges aufgeräumter wirken. Autos stehen überall, teilweise sogar im absoluten Halteverbot, Menschen laufen darüber. Er sieht schreiende Kinder und Frauen und Männer, die sich schlagen, er sieht fickende Hunde, streunende Katzen, umgetretene Mülleimer, eingeworfene Scheiben. Menschen mit Maschinengewehren und Gasmasken schießen ganze Koteletts aus den Bäuchen von Passanten. Jumbo bekommt wieder Hunger und setzte sich zurück zu seiner Pizza auf die Couch und stopft sich ein gewaltiges Stück in den Schlund, während der Reporter vor ihm endlich zum Abschuss kommt.

Jumbo: Hey, ich brauch keine Diät mehr halten! Jetzt hab ich eh kein Hunger mehr. Wieso ist noch keiner auf die Idee gekommen, eine Diät zu erfinden, bei der hungrigen Übergewichtigen Videos gezeigt werden, wo hässliche Leute sich selbstbefriedigen?

Jumbo stopft sich das nächste Stück in seine Futterluke. Anschließend nimmt er sich wieder das Bild vor. Es ergibt einfach keinen Sinn.

Jumbo: (*Selbstgespräch*) Guuut. Also der Linke hat keine Hose mehr an. Hmmmm. Man ist das ruhig hier. Mit ner Frucht im Arsch. Hm. Wir sind alle im Arsch, verdammt ist das ruhig hier!
Stimme: Zimmerservice! Der Champagner!
Jumbo: Keine Zeit! O..oder warten sie! Komm sie doch bitte mal rein!

Der Kellner betritt mit einem Servierwagen das Wohnzimmer und stellt den Eiswasser-Eimer mit dem Edelgesöff auf dem Tisch ab. Er will grade wieder gehen, als Jumbo ihn mit erhobenen Arm aufhält.

Jumbo: Hören sie mal, guter Mann! Würden sie mir einen Gefallen tun und noch etwas bleiben?
Kellner: (*näselnd*) Tut mir leid, Sir! Wegen des Kometeneinschlages wollte ich heute etwas eher Feierabend machen und die letzten Stunden gemeinsam mit meiner 23-köpfigen Familie verbringen.
Jumbo: HERRGOTT NOCH MAL! MEINE KAMERADEN SIND DOCH NICHT MIT DER FRESSE IM SAND KREPIERT, NUR DAMIT SIE UND ICH NOCH NICHT MAL ZEIT FINDEN FÜR EINE KURZWEILIGE UNTERHALTUNG?
Kellner: Ich bin hier nicht angestellt, um mich anschreien zu lassen, geschweige denn um ein guter Gesprächspartner zu sein. Ich bin hier, um Mister Kocker oder seinen Gästen Getränke zu bringen. Das habe ich soeben getan. Und ehrlich gesagt, hat sich in den 35 Jahren, die ich hier arbeite, noch nie einer mit mir unterhalten. Ich wusste gar nicht, dass ich überhaupt noch sprechen kann. Meine Frau redet ja auch schon lange nicht mehr mit mir. Ich wäre ein Klugscheißer, waren ihre letzten Worte. Das war irgendwann in den 1980ern. Und genau zu ihr werde ich jetzt gehen. Ich werde doch sowieso nicht mehr bezahlt.
Jumbo: Hören sie, ich muss hier ein Bilderrätsel lösen, und das kann ich nur, wenn einer miträtselt, selbst wenn er nur Scheiße labert. Mir würde es reichen, wenn sie mir zwischendurch immer begeistert sagen, dass ich ein Genie bin. Abgesehen von der Tatsache, dass sie hier der einzige verfügbare Mensch sind, sind sie meines Erachtens absolut geeignet für diese extrem niederschwellige Arbeit. Meine Kollegen übernehmen normalerweise diesen Part. Die sind auch so schwachmatische grenzdebile Menschenattrappen, wie sie. Deshalb denke ich schon, dass sie das schaffen!
Kellner: Vielen Dank für diese unterschwelligen Beleidigungen. Ich werde sie aus mir anerzogener Höflichkeit nicht kommentieren und nun Feierabend machen.

Jumbo: Ist sonst noch jemand hier am Arbeiten?
Kellner: Nein, hier ist außer mir keiner mehr.

(*Musik*)

Kapitel 16

Persona Non-Grata

Gyrosbrot hastet das Treppenhaus zwei Etagen hinunter, als plötzlich ein kleiner Junge mitten auf den Stufen steht. Um ihn nicht über den Haufen zu rennen, schnappt er ihn sich und läuft mit ihm auf dem Arm noch ne Etage tiefer.

Junge: Hee, lassen sie mich runter!
Gyrosbrot: Keine Zeit, mein Junge!

Er rast weiter die Treppen hinunter und merkt, dass ihm von der zirkulären Bauweise der Treppe immer schwindeliger wird. Das Kind fängt mittlerweile an extrem laut zu schreien. Aber Gyrosbrot lässt sich nicht beirren und rennt weiter.

Stimme: (*von unten*) Was ist denn da oben los?
Junge: Hier ist ein Mann! Der trägt mich runter!
Stimme: Ich hab dich nicht verstanden. Komm aber auf keinen Fall hier ... (*mit einem letzten Sprung steht Gyrosbrot mit dem Kind auf dem Arm direkt vor dem Wagner, als dieser völlig verblüfft noch seinen Satz zu Ende spricht.*)
Wagner: ... runter, ...
Gyrosbrot: (*mit dem fetten Lächeln im Gesicht*) Hi!
Wagner: ... hörst du?
Gyrosbrot: Ich brauch mal ihren Himmi!
Wagner: Und ich hätt gern meinen Sohn zurück!
Gyrosbrot: Klingt doch nach nem fairen Deal!

Der Junge wird langsam wütend und versucht sich mit allen Mitteln aus dem festen Griff des zweiten Detektivs zu befreien.

Wagner: Bleib ruhig, Tommy! Dieser Mann ist gefährlich! Du bist gleich wieder frei!

Tommy stellt die Gegenwehr ein.

Tommy: Wer sind sie und was wollen sie von uns?
Gyrosbrot: Mein Name ist Scraw und ich bin hier, um den Kometen aufzuhalten!

Tommy: Wirklich? Hurra!
Wagner: Glaub ihm nicht, Tommy! Er will uns nur gefügig machen.
Gyrosbrot: Hören sie, Mister Wagner, ich bin mir sicher, dass sie ihre Önkel auf dem Gewissen haben.
Wagner: Woher wissen ... woher wollen sie das wissen?
Gyrosbrot: Ich habe keine Beweise dafür und ehrlich gesagt ist es mir sogar scheißegal! Ich weiß, dass sie trotzdem kein schlechter Mensch sind. Jeder macht Fehler in seinem Leben. Niemand weiß das besser als ich. Auch ich bin ein Mörder. Aber nun haben sie und auch ich die Gelegenheit, diese unsere Fehler in tausendfacher Weise wieder gut zu machen. Nämlich, in dem wir diese bekackte Stadt, was sag ich, unser bekacktes Land vor dem Untergang retten!
Tommy: Papa, er hat *bekackt* gesagt!
Wagner: (*beschwichtigend*) Er benutzt das Wort nur als Redewendung, nicht als Fluchwort.
Gyrosbrot: Jetzt hören sie doch mal auf ihr Kind zu belügen!

(*Gyrosbrot kniet sich vor Tommy hin, auf Augenhöhe, unterlegt mit pathetischer Orchestermusik, Gyrosbrot mit Lage-der-Nation-Halleffekt*)

Gyrosbrot: (*zu Tommy*) Ja, ich habe das Wort *bekackt* gesagt. Sogar zweimal, wenn ich mich recht erinnere. Und ich habe es genauso gemeint, auch wenn ich dieses Wort tatsächlich übertrieben oft als bekackte Floskel verwende. In diesem Fall habe ich das Wort bekackt als Schimpfwort verwendet! Und noch was, Tommy, fluchen ist in dieser unserer Situation absolut angebracht, damit dein *bekackter* Vater merkt, dass es hier längst nicht mehr um seinen bekackten Stolz und um sein bekacktes Leben geht, sondern es geht hier um *dein* Leben, kleiner Mann! Und das Leben der ganzen Menschheit! Um all diese Leben zu retten, müssen wir jetzt zusammenarbeiten, ob wir das nun gut finden oder nicht. Es ist unsere einzige Chance, damit ihr und ich noch länger als nur wenige Stunden weiterleben können und uns nicht der bekackte Komet das Licht auslöscht! Und das ist er nun mal wirklich! Ein BEKACKTER Komet! (*Stille*)

Tommy: Papa, ich will nicht sterben (*Stille*)
Wagner: (*zu Gyrosbrot*) Also gut! Komm mit! Ich hol den Himmi!

Die Schleusentour beginnt. Der Junge ist mächtig beeindruckt. Noch nie war er im Keller des Hauses gewesen. Unterwegs beginnt Wagner zu erzählen.

Wagner: Ich musste meine beiden Onkel eliminieren! Es ging nicht anders! Sie wurden größenwahnsinnig, entwickelten Allmachtsphantasien. Ich hatte sie gewarnt, ihnen gesagt, sie sollen *nicht* in die Öffentlichkeit gehen, mit dem Himmi! Doch sie hörten nicht und zeigten, was der Himmi kann, in dieser … bekackten Fernsehshow. Als dann das Flugzeug verschwand, dachte ich noch an einen blöden Zufall. Wochenlang beteuerten die beiden, dass sie damit nichts zu tun hätten. Irgendwann aber besuchte ich meine Onkel. Die Haustür stand offen und ich ging einfach rein. Sie hatten einen Panikraum, der nicht mehr als solcher benutzt wurde, sondern als Spielzimmer für meinen Sohn diente. Dort sah ich sie über den Hamsterkäfig gebeugt. Sie lachten. Ich dachte zunächst, dass sie mit dem Hamster spielen. Als ich unbemerkt näherkam, sah ich, dass sie mit dem Himmi Hamster-Klone produzierten, die dann anfingen, den Originalhamster anzunagen. Dieser quickte vor Schmerzen und meine Onkel lachten nur drüber. Ich stellte sie zur Rede. Sie beschwichtigten und meinten, dass Tierversuche in der Wissenschaft üblich sind. Ich versuchte meine Erschütterung zu rechtfertigen, bis mir das Flugzeug wieder einfiel und ich fragte sie direkt. *Habt ihr das Flugzeug Emha 370 verschwinden lassen?* Erst versuchten sie sich noch rauszureden, aber dann sagten sie nicht ganz unstolz, dass sie nicht damit gerechnet hätten, dass der Himmi auf solche Distanz funktioniert und dass dies so gesehen ein Unfall war. Ich lief angeekelt und in Panik aus dem Zimmer. Dabei habe ich wutentbrannt die Tür hinter mir zu geschlagen. Als ich draußen fluchtartig die Straße überquerte, erfasste mich ein Auto und schleuderte mich meterweit über die Fahrbahn. Ich bin erst zwei Wochen später wieder aufgewacht. Noch im Krankenhaus erfuhr ich dann vom Tod meiner Onkel, die elendig in ihrem beschissenen Panikraum erstickt waren. Ich muss zugeben, obwohl

das alles nicht geplant war, dass mich der Ausgang irgendwie beruhigte. Sie waren eine Gefahr für die ganze Menschheit, ohne Witz. Dann fiel mir der Himmi ein, der ja noch in dem Zimmer gewesen sein musste. Ich suchte vergeblich nach ihm, als das Haus von der Kripo wieder freigegeben war. Er war einfach weg. Im Safe fand ich die Konstruktionsanleitung für den Himmi und ich baute ihn nach, in der Hoffnung, irgendwo die Weltformel zu finden. Vergeblich. Ich war mir sicher, dass meine Onkel irgendwem und irgendwie die Weltformel übermittelt haben mussten. Sie würden ihr Lebenswerk nicht einfach so mit sich ins Grab nehmen, dafür waren sie zu profilneurotisch. Ich hoffte nun, dass sich aufgrund der Belohnung irgendjemand diesbezüglich bei mir meldet und mir die Weltformel übermittelt. Als du dann wie aus dem Nichts vor meiner Tür standst und sagtest *Ich habe die Weltformel* war ich wie berauscht, dass wir die Welt doch retten können und die ZzZvzZ nun eine effektive Verteidigungswaffe gegen zukünftige Bedrohungen besitzen würde. Als herauskam, dass du uns nur verarscht hast ...
Tommy: Papa!
Wagner: Ja Tommy, er hat uns VERARSCHT!
Gyrosbrot: Hab ich nicht! Ich hatte die Weltformel wirklich. Kommissar Brennholz hatte sie von ihren Önkeln in Form eines Glasbären zugeschickt bekommen. Er hat ihn uns weitergeschenkt, weil er die Bedeutung nicht erkannte und ich hab ihn dann bei uns in der Zentrale mit nem Ball zerschossen, weil der echt hässlich war.
Wagner: Und wie willst du die Weltformel jetzt noch finden?
Gyrosbrot: Unser erster Detektiv hat ein Bild des Tatortes und versucht es zur Stunde zu enträtseln. Es scheint, als hätten deine Böhsen Önkelz kurz bevor sie qualvoll erstickten noch die Weltformel symbolisch dargestellt. Sobald Jumbo das Rätsel gelöst hat, kommt er hier her und wir holen den Kometen vom Himmel.
Tommy: Wann sind wir denn endlich da?
Wagner: Das sind komplizierte Sicherheitstüren, mein Sohn, das geht nicht so holter die Polter.

(*Musik*)

Kapitel 17

Zombiegemetzel

Plastikschlitten: Da, ich seh schon den Schrottplatz!
Kocker: Du meinst wohl den Gebrauchtwarenhandel Titte Johnssen?
Plastikschlitten: Ich bin Plastikschlitten! Und ich meine den Schrottplatz! Sehen sie doch mal nach unten. Der ganze Platz ist voller Schrott-Wohnanhänger und sehen sie dort, das müssen tausende Zombies sein!
Kocker: Ach du Scheiße! Wo soll ich denn bloß landen?
Plastikschlitten: (*zeigt nach vorne*) Dort, auf dem Dach der Freiluftwerkstatt!
Kocker: (*dreht sich ungläubig zu ihm um*) Auf dem Dach der *Freiluft*werkstatt?
Plastikschlitten: (*zeigt auf die Werkstatt*) Ja, auf dem Dach der Freiluftwerkstatt!
Kocker: (*glotz ihn immer noch verständnislos an*) Du meinst also, dass es möglich ist, einen Hubschrauber auf dem *Dach* einer *Freiluft*werkstatt zu landen?
Plastikschlitten: Mir egal! Hauptsache sie bringen jetzt mal endlich den Vogel hier runter, wir haben eine Mission zu erfüllen!
Kocker: Was für eine Mission?

Plastikschlitten reißt sich die Ärmel von seinem Hemd und knotet daraus ein Stirnband.

Plastikschlitten: Töten gehn! Was sonst?
Kocker: (*mit einem Anflug von Wahnsinn*) Da sag ich doch nicht NEIN!

Im selben Moment drückt Kocker die Schnauze des Helis nach unten und rast fast im Sturzflug auf den Schrottplatz hinunter, um anschließend mit mächtig viel Wind auf dem Dach des Gerätehauses zu landen.

Kocker: Hier, Plastikschlitten! Zwei Halbautomatische und ein Seesack voll Munition, du wirst sie brauchen!

Plastikschlitten: Immer her damit! Ham sie die noch aus ihrer Dienstzeit?
Kocker: (*lässt mächtig einen fahren*) Nein, die hab ich mir heut Nachmittag aus dem Meeressäugetiermarkt besorgt.
Plastikschlitten: Ja cool, da gibts wirklich alles. Nur arbeitnehmerrechtlich sind die noch nicht ganz auf der Höhe, was stinkt das denn hier so?
Kocker: Richtig, Plastik! Völlig unterbezahltes Personal. Und Kameraüberwachung auf den Toilet…
Plastikschlitten: So, lassen sie uns schnell aussteigen! Ich halt das hier drin nicht mehr aus.

Während der Propeller des Helis langsam ausläuft und dabei immer noch mächtig Wind macht, eröffnen Plastschlitten rechts vom Hubi und Inspektor Kocker links davon gleichzeitig das Feuer auf die tosenden Massen von Jumbos, Gyrosbroten und Plastikschlittens, die nun wütend versuchen auf das Dach zu klettern. Im Hintergrund hört man zur Situation völlig unpassende Opernmusik mit minimaler Instrumentenbegleitung, während im Vordergrund reihenweise Zombieköpfe in Zeitlupe wie in Zeitlupe aufplatzen. Blutexplosionen, Hirnsplitter und Hirnmatsche strömen wie Laola Wellen durch die wuselnde Masse. Da erst bemerken Plastikschlitten und Kocker die Salven vom Dach des Wohnhauses der Johnssens. Ein Mann steht dort mit einer Bazooka auf der Schulter und schrapnellt riesige Lücken in die Zombie-Mauer. Respektvoll halten Kocker und Plastikschlitten kurz in ihrem Töten inne, um die Waffen zum Gruß in den Himmel zu strecken. Titte winkt freundlich zurück und mit einem Jubelschrei und purem Wahnsinn in den Augen schnappen sich Plastikschlitten und Kocker jeweils ein zweites Maschinengewehr, um nun beidhändig weiter zu ballern.

Kocker/Plastikschlitten: VEERÄÄÄCKT, IHR SCHWEINE! VERRÄÄÄÄÄÄÄÄÄÄÄÄÄÄÄÄÄÄÄÄÄÄCKT!

Kapitel 18

Halt die Fresse, Donny!

Jumbo: So! Wenn sie mir versprechen nicht wegzulaufen und nicht zu schreien, wäre ich bereit sie von dem Knebel zu befreien und sie von ihrem Servierwagen loszubindensöa!
Kellner: Mmmmh.
Jumbo: (*tätschelt ihm die Wange*) Na also, klingt doch schon recht kooperativ. (*Frickelgeräusche*)
Jumbo: Um unsere Zusammenarbeit für mich so fruchtbar wie möglich zu gestalten, werde ich sie vorübergehend duzen. Rein auf der Arbeitsebene, sie verstehensöa? Also, beginnen wir mit ...wie heißt du eigentlich?
Donald: Donald!
Jumbo: Nun, Donny. (*klemmt das Tatort-Bild an ein Flipp Chart, das er sich zuvor aus Kockers Arbeitszimmer geholt hatte*) Dies ist also das Foto einer Tötung durch Ersticken. Es scheint so, als hätten die beiden Mordopfer zuvor noch etwas loswerden wollen.
Donald: Urin?
Jumbo: Halt die Fresse, Donny! Das ist nicht deine Fachdisziplin! Es geht hier um Hinweise in Form von Gegenständen. Hier, Donny. (*zeigt mit einem Zeigestock auf das Foto*) Er hier hat eine Frucht zwischen den Arschbacken klemmen, so dass die Backen gespreizt sind. Neben ihm liegen Buntstifte, rechts daneben Sandspielzeug, wo Stücke dieses Bäumchens verteilt sind und daneben eine Tüte laktosefreie Milch. Das ist das Rätsel. Nix anderes, klaro?
Donald: Und die Pisse des zweiten Mannes?
Jumbo: JETZT ... HALT DOCH ... ICH MEIN...
Donald: Vielleicht gehört die Pisse zum Rätsel?
Jumbo: WLADIMIR ILJITSCH ULJANOW ...
Donald: Wovon reden sie?
Jumbo: Ich denke, dass wir *links* beginnen sollten. Dies ist eine Rechenformel und eine solche beginnt in Amerika *links*.
Donald: Okay! Nun. (*zaghaft*) Der Pfirsich, der die Arschbacken teilt bedeutet vielleicht *geteilt durch vierzig*?

Jumbo: Was soll denn jetzt *der* Scheiß? Wie kommst du denn nur auf so eine bekack... (*dreht sich noch mal zu dem Bild um*) ...te ... nun gut, vielleicht können wir das ja schon mal notieren. (*kritzelt auf einen kleinen Zettel*) Nun gut, weiter im Text! Also, als nächstes liegen da die Buntstifte. Nun, das kann ja alles und auch nix bedeuten. Ich meine, da gibt es nun wirklich *milliarden* von möglichen Lösungen! Warum konnten sich die bekackten Pisser nicht wie jeder normale Mensch artikulieren?
Donald: (*schon etwas mutiger*) Vielleicht, weil sie nicht wollten, dass die Formel für jeden zugänglich ist?
Jumbo: Niemand mag Klugscheißer, Donny! *Das* war mir schon klar!
Donald: Vielleicht ist das ein Hinweis auf eine folgende Multiplikation.
Jumbo: Also das klingt mir dann doch n bisschen weit hergeholt. Ich meine, wir reden hier immer hin von ner Handvoll ...
Donald: *Mal*stifte!
Jumbo: (*verächtliches Lachen*) Das ist doch ... ein völlig lächerlicher zusammenhangloser, jeder Logik entbehrender ... (*dreht sich wieder zum Flipchart um*) Ich werd es trotzdem mal notieren. (*notiert ein Kreuz auf seinem Zettel*) Gut. Schön. Jetzt wirds haarig. Also, das was wir bisher herausgearbeitet haben, das hätte ja prinzipiell jeder Hauptschüler herausfinden können.
Donald: Ich war auf der Sonderschule.
Jumbo: Hätt ich mir ja denken können.
Donald: Was haben sie für eine Schule besucht, Sir?
Jumbo: Schule? Was für eine Schule? Ich, ähm. Ich war ... also. Ich war äußerst selten ... ich habe äußerst selten dem Unterricht beigewohnt. Wie die Schule hieß, hab ich vergessen. Es war irgendwas mit ... es kam auf jeden Fall der Name eines Politikers oder Präsidenten drin vor. Ich meine es wäre Georg ... Georg ... irgendwas ...
Donald: Washington?
Jumbo: DAS STEHT DOCH JETZT ÜBERHAUPT NICHT ZUR DEBATTE! Ja, es war die Georg Washington High-School, danke! Aber lassen sie uns wieder dem Wesentlichen widmen!

Plötzlich explodiert eines der Wohnzimmerfenster. Wutentbrannt stapft Jumbo los um nachzusehen.

Jumbo: HEY! HEY DU ARSCHKRAMPE, WAS FÄLLT DIR EIN, DIESES GEBÄUDE ZU BESCHÄDIGEN! (*unverständliches Gebrabbel von unten*) NEIN, DAS IST NICHT EGAL, DU KACKHAUFEN! WIR ARBEITEN HIER!

Jumbo zieht den Vorhang zu und kehrt zurück zum Flipp Chart.

(*Musik*)

Kapitel 19

Grillen statt Heuschrecken

Wagner: So, wir sind da. Die Zentrale der ZzZvzZ.

Die drei betreten die große Halle, die Gyrosbrot noch in guter Erinnerung ist. Die Schrotflinte, mit der Sam Gyrosbrot direkt in die Fresse zielt, ist soweit abgesägt, dass Gyrosbrot die Patrone sehen kann.

Wagner: Hallo Sam! Kriegen sie jetzt keinen Schock! Es ist alles in Ordnung! Der Streit ist beigelegt und wir müssen nun zusammenhalten!
Sam: (*lässt die Flinte sinken, die Patrone fällt klirrend auf den Boden*) Ja, meinetwegen, ist ja eh bald alles vorbei! Habt ihr es schon mitbekommen? Der Komet kommt nun doch schon etwas eher hier an! Nach neuen Berechnungen benötigt er keine drei Stunden mehr um die Vereinigten Staaten wegzublasen.
Gyrosbrot: Ja, es wird auch schon etwas drubbelich draußen. Viele scheinen noch eifrig dabei zu sein, ihre Löffelliste abzuarbeiten!
Sam: Löffelliste?
Gyrosbrot: Ja, Löffelliste! Die Liste, auf der draufsteht, was man noch tun will, bevor man den Löffel abgibt. Es scheint, als ob die meisten noch nie zuvor panisch durch die Gegend gerannt sind oder sinnlos rumgekreischt hätten ... naja, wie auch immer.
Wagner: Wir brauchen den ... den Himmi! Kannst du den mal bitte aus dem Sicherheitsschrank holen?
Sam: Haben sie denn die Weltformel wiedergefunden, Mister Scraw?
Gyrosbrot: Waren wir nicht schon mal beim *du*?
Sam: Das war bevor sie mich dort an die Wand geworfen hatten. (*blinzelt durch die geschwollenen Augen*)
Gyrosbrot: Wie auch immer! Nein, ich habe die Weltformel noch nicht, aber mein Kumpel Jumbo ist dabei das Tatortbild des Professorenmordes zu entschlüsseln. Wir sind sicher, dass dort Hinweise auf die Weltformel versteckt sind.

Sam: Na, wenn du es sagst. Er sollte sich jedoch nicht mehr all zu viel Zeit mit dem Entschlüsseln lassen. Ich schlage vor, wir bauen alles oben auf dem Hausdach auf und warten dann dort auf den Kometen. Wenn dein Jumbo das nicht hinbekommt, haben wir wenigstens eine schöne Aussicht auf das zu erwartende Spektakel. Jeremy, sei so gut und hol schon mal das Grillfleisch aus dem Kühlschrank.
Wagner: Wird erledigt!
Gyrosbrot: Wie jetzt, warum wollen sie denn jetzt grillen?
Sam: Weil heuschrecken nicht satt macht. Ich hab nen Bärenhunger und will nicht mit nem Loch im Bauch sterben.
Wagner: Ich hab auch noch Kartoffelsalat in der Stickstoffwanne. Den könnte man doch prima im Teilchenbeschleuniger erhitzen.
Sam: Klingt gut. Und das Fleisch machen wir mit dem Bunsenbrenner schwarz. Also los, ab nach oben!
Wagner: Moment, ich brauch noch die Stielkettensäge!
Gyrosbrot: Wofür denn das?
Wagner: Nun ja. Ich war schon lange nicht mehr da oben. Es wäre doch tragisch, wenn uns Äste die Sicht auf den Kometen versperren und wir ihn deshalb nicht anvisieren können.
Gyrosbrot: Gut mitgedacht, Respekt! Hoffentlich kommt Jumbo noch rechtzeitig.

Kapitel 20

Des Rätsels Lösung

Zur gleichen Zeit rätseln Jumbo und sein neuer Assistent Donny in Kockers Villa noch immer an dem Tatortfoto herum.

Jumbo: Nun, Donny, weiter gehts! Hier sehen wir Sandspielzeug, dass ein wenig von Sand verdeckt ist. Was wollen die Professoren uns damit wohl sagen?
Donald: (*Arme verschränkt*) Ich denke, da es sich bei dem Sandspielzeug um ein Sieb handelt, ist die Lösung die Zahl sieben.
Jumbo: Ha! Das war jetzt dem Herrn zu einfach, oder wie soll ich die Geste mit den verschränkten Armen verstehen?
Donald: (*Fingerspitzen hebend*) Keine Ahnung.
Jumbo: Wieder ha! Der Herr Neunmalschlau hat keine Ahnung? Am Lateinsende, wie?
Donald: Ne. Ich meinte, keine Ahnung was ich auf die Frage, ob mir das zu einfach war, antworten soll, ohne sarkastisch oder eingebildet zu klingen.
Jumbo: Abermals ha! Das war eine rhetorische Meisterleistung meinerseits! Tja. Da kommste wohl nicht gegen an, wie?
Donald: Können wir weitermachen? Ich würde dann gerne bald nach Hause …
Jumbo: Na klar! Ist ja nicht mehr viel. Ahh, die Milch, das ist ja leicht. Da steht fett *minus L* drauf, weil sie laktosefrei ist! *L* ist der römische Buchstabe für die Zahl 50. Also minus 50.
Donald: Ich denke, sie haben noch die Bonsaiüberreste auf dem Sand vergessen zu interpretieren. Da nur die Wurzeln des Baumes verstreut wurden, folgere ich, dass die Wurzel aus sieben zu nehmen ist.
Jumbo: Natürlich, das hab ich doch schon längst … (*notiert es unauffällig auf seinem Zettelchen*) … fassen wir einfach mal zusammen. Geteilt durch 40, mal Wurzel aus 7, minus 50. So, und nun muss ich los!

Donald: Und was ist jetzt mit dem Pissfleck? Und glauben sie wirklich, dass in so einer komplizierten Formel einfach die pieselige Zahl 50 abgezogen wird?
Jumbo: Halt die Fresse, Donny! Das ist nicht dein Fachbereich! Sag mir lieber, wie ich von hier am schnellsten zum Wildschweineierbullewar komme.

Donald steht auf und sieht durchs kaputte Fenster.

Donald: Die Straßen sind verstopft, da kommen sie niemals mehr durch! S- und U-Bahnen werden auch nicht mehr fahren. Sie müssten schon den Polizeihubschrauber dort kapern.

Jumbo quetscht sich neben Donald mit in das Fenster und beugt sich seitlich hinaus, um die Lage zu begutachten.

Jumbo: Donny ... (*legt väterlich seine riesige Hand auf Donalds kleine Schulter*) ... sie sind doch sicherlich im Besitz einer halbautomatischen Feuerwaffe, oder nicht?
Donny: Ich habe unter meinem Servierwagen immer einen Colt versteckt, für alle Fälle (*grinst schwach*)
Jumbo: (*klopft mit der Hand noch mal etwas wuchtiger auf die schmale Schulter*) Ich verstehe schon, nun gut.

Jumbo wuchtet sich zum Servierwagen, tastet nach der Waffe und zieht sie hervor.

Jumbo: (*wedelt mit der Kanone*) Dann können sie jetzt nach Hause gehen. Ich wünsche ihnen und ihrer Familie noch einen angenehmen Weltuntergang!
Donald: Vielen Dank! Ihnen auch!
Jumbo: (*springt durch das Fenster*) So, jetzt mal alle die Hände zu Himmel ...

(*Musik*)

Kapitel 21

Keine Arme, keine Kekse

(*Derweil auf dem Freiluftwerkstattdach in Rambo Bietsch*)

Plastikschlitten: Ich glaub, wir ham alle erwischt.
Kocker: Selbst wenn unter den Bergen von Leichen noch einer lebt, wird er sicherlich in Kürze am Blut der anderen ersaufen.
Plastikschlitten: Ist anzunehmen …

Auch Titte hat das Feuer eingestellt und rutscht am rückseitigen Fallrohr hinab nach unten. Tatilda kommt mit einem Tablett in der Hand aus der vorderen Tür.

Tatilda: So Kinder, die Kirschtorte ist fertig! Kommt runter, Jungs! (*nach vorn blickend*) Huch, das ist ja eine Riesensauerei!

Tatilda hält sich die Hände vor den Mund. Das Tablett schwebt derweil entgegen der newtonschen Behauptungen bewegungslos vor ihrer beschürzten Wampe.

Tatilda: Hörma Plastikschlitten, das machst du vorher aber noch sauber! Und die ganzen Wohnwägen! Herrje, wo kommen die ganzen Wohnanhänger denn alle her? Ist irgendwo ein Campingplatz abgebrannt und Titte hat mal wieder alles aufgekauft oder was? Plastikschlitten, also die müssen auch vorher noch verschwinden.
Plastikschlitten: Aber ich kann das doch nicht alles mal eben wegräumen! Ham se ne Ahnung, wie viel Arbeit das sein wird?
Tatilda: Keine Widerrede! Bevor das Chaos nicht beseitigt ist, gibt es auch keine Torte.
Plastikschlitten: Wo soll ich die denn alle hintun?
Tatilda: Du kannst die Poppnieten entfernen und alle Seitenteile vor dem Schrottplatz übereinanderstapeln.
Plastikschlitten: Aber der Komet, der kommt doch …
Tatilda: Dann muss der Komet halt mal warten! Du weißt doch, keine Arme, keine Kekse …
Plastikschlitten: Keine wer, keine was?

Kocker: (*haut ihm vor die Brust*) Nimms nicht so schwer. Du weißt doch, mit Misses Johnssen ist nicht gut Kirschen essen.

Plastikschlitten: Ja, besonders, wenn sie einen nicht lässt.

Gemeinsam steigen sie vom Dach herunter. Unten begrüßen sie Titte, der sich schnaufend durch eine Schicht Zombiefetzen wühlt.

Onkel Titte: Wie wärs, wenn wir das alles zusammen erledigen? Ich schieb mit dem Bobcat die Leichen weg, du Plastik räumst die Wohnwägen aus und sie, Inspektor, kloppen sie mit dem Bagger anschließend platt.

Plastikschlitten: Oh ja, vielen Dank! Das klingt nach nem guten Plan.

Kocker: Alles klar!

(*Musik*)

Kapitel 22

Am Arsch

Inzwischen haben Gyrosbrot, Sam und der Wagnerneffe auf dem Dach der ZzZvzZ den Himmi auf einem Stativ in Position gebracht.

Sam: So, es kann losgehen! Die Koteletts sind durch.

Sam zeigt den anderen einen riesigen gefrorenen Fleischlappen mit einem fetten Brandloch in der Mitte. Es ümmelt nach verbranntem Fleisch.

Wagner: Ja, schmeiß rüber! Das sieht ja hervorragend aus. Man hab ich nen Kohldampf. Willst du auch Kartoffelsalat, Sam?
Sam: Ne, aber Gyrosbrot.
Wagner: Haben wir nicht. Wir haben nur Kotelett und Kartoffelsalat.
Sam: Nein, ich meinte, gib den Kartoffelsalat Gyrosbrot.
Wagner: Ach so, hier, Gyrosbrot.

Gyrosbrot winkt dankend ab.

Gyrosbrot: Ne, danke. Hätte jetzt eher Bock auf n Pita. Äh, sagt mal, ist der Himmi eigentlich startklar?
Sam: Jipp! Hab ihn mit dem Stativ hier schon genau auf den Kometen ausgerichtet. Die Batterien sind einigermaßen voll und der Datenspeicher ist jungfräulich.
Gyrosbrot: Einigermaßen voll ist der Akku?
Sam: Na, um einen Kometen vom Himmel zu löschen, reicht es jedenfalls dicke.
Gyrosbrot: Gut, (*nachdenklich in die Ferne blickend*) jetzt fehlt nur noch Jumbo.

Gyrosbrot schnappt sich einen herumliegenden Feldstecher und sucht den Himmel ab.

Gyrosbrot: Hey ich glaub da kommt was auf uns zu.
Sam: Ist es groß, grau und hat nen Schweif?

Gyrosbrot: Nee, es ist schwarzweiß und fliegt mit Schlagseite. (*brüllt*) ES IST JUMBO in einem POLIZEIHUBSCHRAUBER!
Wagner: Bist du dir sicher?
Gyrosbrot: Und ob, er winkt uns zu, das ist ja fantastisch.
Sam: Dann werd ich mal die Liegestühle an die Seite schieben, damit er Platz zum Landen hat.

Mit gewaltigem Getöse und ner Menge Wind und umherfliegenden Papptellern und Bechern, landet der Hubschrauber auf dem Dach. Jumbo nimmt die Kopfhörer ab und springt aus dem Helikopter.

Jumbo: Hai Leute!
Gyrosbrot: Jumbo, wo hast du denn das Fliegen gelernt?
Jumbo: Tja, da war der Afghanistaneinsatz doch mal zu was gut. Hier in Rambo Bietsch wird man wenigstens nicht permanent unter Beschuss genommen, nur weil gewisse turbantragende Fehlzündungen meinen, mit den Taliban gut fahren zu können.
Sam: Hast du das Bild entschlüsseln können?
Jumbo: Ja ist denn der Papst katholisch? Natürlich!
Gyrosbrot: Das war ja auch nicht anders zu erwarten! Du bist und bleibst unser Superhirn, spitze, Mensch, du bist ein Genie!
Sam: Okay, Jumbo, dann schieß mal los!
Jumbo: Na gut! (*fritzelt seinen Zettel auseinander und streicht ihn glatt*) Zuerst muss die Objektnummer durch 40 geteilt werden.
Sam: Ja, gut, weiter!
Jumbo: Dann mit der Wurzel aus 7 multiplizieren.
Sam (*Einhackgeräusche*) Weiter!
Jumbo: Und vom Ergebnis müssen 50 abgezogen werden.
Sam: Also jetzt minus 50?
Jumbo: Jipp! Minus 50!
Sam: Okidoki! So ... (*richtet den Himmi noch mal auf dem Stativ genau aus*) ... oh, durch das Visier seh ich ihn schon ... faszinierend ... da haben wie ihn, den kleinen Schlawiner. (*drückt auf einen Knopf am Himmi*) Zack, und schon haben wir seine Objektnummer. Und nun lasse ich sie mit der Weltformel neu berechnen ... uuuuuund ... es erscheint eine Nummer. Und nun das negative Vorzeichen vor die Zahl, damit wir nicht gleich noch nen zweiten Kometen haben, hehehe. Ahh, ja, und nun ... Enter!

Gyrosbrot: Nichts! Es ist nichts passiert! Der Komet ist noch da!
Jumbo: D..d...das kann nicht sein! Also das ist unmöglich! Versuchen sie es noch malsöa!
Sam: Das brauch ich nicht noch mal versuchen. Ich habe hier ein Warnhinweis auf dem Display, *Weltformelfehler -103. Bitte wenden sie sich an den Support oder geben sie die Weltformel erneut ein.*
Jumbo: Bekackter Mist!
Wagner: Ich habs mir gedacht! Das mit den *minus 50* fand ich irgendwie recht trivial für eine Weltformel! Hast du noch eine andere Idee, Jumbo?
Jumbo: Wenn ich ehrlich bin, nein. Warum musste das Rätsel auch so unglaublich kompliziert sein ...nochmal überlegen ...
Gyrosbrot: (*mit dem Feldstecher vor den Augen*) Hey Jumbo! Ich glaub du musst mal n bisschen Platz machen, mit deinem Heli. Da kommt Kocker angehupt und angeschraubt. Plastikschlitten ist auch an Bord.

Alle auf dem Dach blicken gespannt auf das ankommende Fluggerät. Außer Jumbo, der mit seinem Heli auf das Dach des Nachbargebäudes umzieht. Plastikschlitten und Kocker landen und steigen aus. Sie sehen aus wie Metzger. Überall klebt das rote Zeug.

Gyrosbrot: Wie seht ihr denn aus?
Plastikschlitten: Wir hatten eine kleine Rauferei mit unseren Zombies!
Kocker: Also *die* hatten ne Rauferei! *Wir* hatten ne Schießerei!
Gyrosbrot: Warum sind denn eure Gesichter auch so blutverschmiert? Habt ihr die Zombies anschließend aufgegessen?
Plastikschlitten: Nee, ach so, ja nee, ach das. Das in unseren Gesichtern ist kein Blut. Es gab nach getaner Arbeit noch Kirschtorte bei Mante Tatilda.
Gyrosbrot: Ah! Habt ihr mir n Stück übriggelassen?
Plastikschlitten: Klar doch, Zweiter, kommt sofort.

Plastikschlitten nimmt die Gewehre von der Schulter und holt einen rotgetränkten Serviettenklumpen aus seinem Bundeswehr-Rucksack, den er feierlich an Gyros übergibt.

Plastikschlitten: Bitte schön!
Gyrosbrot: Oh Mann! Kirschtorte! Mante Tatildas Kirschtorte! Plastikschlitten, du bist der Beste! (*mit vorgehaltener Hand im Flüsterton*) ... aber lass das Jumbo nicht hören!

Gyrosbrot stopft sich das komplette Stück Torte in den Mund und schluckt es gierig samt großer Teile der Serviette herunter.

Plastikschlitten: Aber das Beste kommt erst noch!

Gyros hält beim Schmatzen kurz inne.

Gyrosbrot: Wie?
Plastikschlitten: Ja, ja. Wir mussten ja, bevor wir Kirschtorte bekamen, erst noch die ganzen Metzelreste vom Hof beseitigen und die ganzen Wohnwägen ausräumen und platthauen und aufstapeln und beim Ausräumen des siebenhundertneunundzwanzigsten Wohnwagens ist mir was in die Hände gekommen, das vielleicht von großem Nutzen sein könnte … hier.
Gyrosbrot: Was ist es denn? Nun sag schon! Was?

Plastikschlitten holt ein weiteres Serviettenknäuel aus seinem Rucksack und wickelt es langsam auseinander. Wagner, Sam und Gyrosbrot stehen neugierig im Halbkreis um ihn herum.

Plastikschlitten: TAAADAAAAHH!

(*Alle am Jubeln*)

Sam: (*völlig von den Socken*) Das gibts doch nicht!
Gyrosbrot: (*heiser*) Der Glasbär!
Plastikschlitten: Zumindest die bessere Hälfte von ihm.
Gyrosbrot: Was für eine geile Scheiße!
Sam: Und, ist die Formel dort drin?
Plastikschlitten: Am Arsch!

Die Bestürzung steht den anderen ins Gesicht geschrieben.

Plastikschlitten: Nee, ich meine hier am Glasarsch, hier, klar und deutlich! Allerdings nicht für mich. Meine Augen haben sich in den letzten zehn Jahren nicht unbedingt verbessert.
Sam: Wartet, ich habe eine Lupe!
Gyrosbrot: Vergiss die Lupe, gib her das Ding, ich diktiere! Sam, tipp es direkt ein!
Sam: Sekunde! (*rennt zu dem Himmistativ*)
Kocker: Ich bin ja so froh, dass sie *noch* son Himmi haben.
Sam: Wieso *noch* son Himmi?
Gyrosbrot: Achtung, es geht los! Also die Formel lautet …
Stimme: (*dröhnend*) Haaaalt, nicht so schnell!

Kapitel 23 a

Gyrosbrots großer Auftritt

Alle drehen sich zum Helikopter um, hinter dem ein Mann hervortritt. In der Hand hält er die Stielkettensäge, mit der Wagner noch am Nachmittag ein paar Äste der Nachbarbäume gestutzt hatte.

Unbekannter: Ihr wollt doch nicht den ganzen Ruhm allein einheimsen, oder?
Gyrosbrot: Was wollen sie, wer sind sie?
Unbekannter: Die bekackten Wagnerprofessorenbrüder! Die meinten wohl, mich einfach vergessen zu können, als sie plötzlich zu Ruhm gelangten mit ihrer bekackten Weltformel. Dabei war ich es, der an diesem bedeutungsvollen Abend in dem Gasthaus, in dem sie über dieser Formel brüteten, Überstunden gekloppt hatte. Stundenlang habe ich die beiden mit Essen und Trinken versorgt, so dass sie sich allein auf die Formel konzentrieren konnten. Sogar n Pisseimer hab ich denen hingestellt, damit sie einfach laufen lassen konnten, am Tresen. Und als es soweit war, in der Geburtsstunde der Weltformel, da sagten sie zu mir, *Linse, wir werden dich bei jedem Interview lobend erwähnen und der Welt sagen, was für einen großartigen Beitrag du an der Erstellung der Weltformel hattest.* Gekackt. Nichts ist passiert! Nicht EINMAL haben die mich erwähnt. Und jetzt? Jetzt werd ich meine Unsterblichkeit selbst in die Hand nehmen.

Linse steigt auf die Balustrade des Daches.

Linse: (*brüllt nach unten*) Leute von Rambo Bietsch!

Unten verstummen langsam das Hupen, die Schlägerei-, Panik- und Fickgeräusche. Auch die Scheibeneinwerfer und Rumkreischer halten in ihrem Handeln inne.

Linse: Mein Name ist Linse und ich habe bei der Entwicklung der Weltformel maßgeblich mitgearbeitet! Gyrosbrot (*zeigt mit der Kettensäge auf Gyrosbrot*) hat sie mir gestohlen und will sie nicht hergeben. Aber nur, wenn er mir die Formel gibt, kann ich damit die Welt retten.

Stimmen von unten: Gyrosbrot, gib ihm die Formel! Los, du Penner! Gib ihm die Formel! Tu es für uns! Warum gibst du sie denn nicht ab! Na los!
Gyrosbrot: (*beugt sich seinerseits über die Balustrade*) Versteht ihr nicht? Er will euch nur manipulieren. Er will sich nur profilieren! Euch irritieren und davon profitieren.

Gyrosbrot beginnt zu rappen während Plastikschlitten den Beatboxer mimt.

Gyrosbrot: Glaubt ihm und ihr werdet alles verlieren,
doch hört auf euer Herz und dann wird es passieren,
dass es tief in euch brennt wie euer Gesicht nach dem Rasieren,
also hört was ich zu sagen hab, denn es wird euch interessieren.
Dieser Typ ist böse, hat keine Eier, nur ne Möse,
macht gleich viel Getöse, weil ich sein Gürtel löse!

Gyrosbrot moonwalked sich dabei seitlich zu Linse hin, packt seine Gürtelschnalle, so dass der Gürtel sich löst und seine Hose bis auf die Knöchel runterrutscht. Das Volk unten lacht sich kaputt. Hektisch zieht Linse sich die Hose wieder hoch.

Gyrosbrot: Deshalb buht ihn aus
und schmeißt ihn raus,
unsre Stadt ist nicht mehr länger sein Zuhaus!

Wutentbrannt reißt Linse am Starterseil der Elektrokettensäge und rennt weitausholend und schreiend auf Gyrosbrot zu. Gyrosbrot schreit einen letzten Todeskampfschrei, bevor ein Knall das Dach erschüttert und Linse seitlich und in Schallgeschwindigkeit durch die Brüstung vom Dach runter in die Menschmenge fliegt. Nach kurzer Panik macht sich unten unbeschreiblicher Jubel breit. Dem folgt ein Blick in die Richtung, aus der der Wahnsinnsschuss kam. Dort steht Jumbo im voller Nahkampfmontur mit ner Riesenbazooka auf der Schulter.

Jumbo: Dieses dämliche Arschloch! Es sind doch nicht tausende von meinen Kameraden mit der Fresse im Schlamm krepiert, damit uns so ein ... so ein RIESENVOLLPFOSTEN in die PARADE FÄHRT? (*Gejubel von unten*)

Kapitel 23 b

Hin und weg

Jumbo klatscht mit allen da oben ab, zuletzt mit Gyrosbrot.

Gyrosbrot: (*anerkennend*) Schickes Outfit, Mann!
Jumbo: Hab den Heli grad auf dem Dach eines Waffenladens umgeparkt. Da gabs auch diesen schnittigen Nahkampfanzug und dieses kleine Assessuah. (*nimmt die Bazooka von der Schulter*) Wie sagte doch schon mein Opa, ein Mann ohne Waffe ist schlecht gekleidet … so, was ist jetzt? Ist die Formel da in dem Bärchen besser als meine?
Gyrosbrot: Das werden wir jetzt sehen. Sam! Sind sie bereit?
Sam: Ja, schieß los!
Gyrosbrot: Duzen wir uns wieder?
Sam: Der Rap hat mich sehr beeindruckt! (*hält Daumen und kleinen Finger abgespreizt in die Luft*)
Gyrosbrot: Freut mich! Okay! Nun aber … Objektnummer geteilt durch vierzig.
Jumbo: Ja, das hatte ich doch auch …
Gyrosbrot: ... mal die Wurzel aus sieben ...
Jumbo: Ja, die Wurzel aus sieben, hatte ich auch! Ach so! Die Wurzel aussieben, aha, aus dem Sand aussieben, genial. Hm. Hatte ich aber auch genauso erschlossen. Ich, ganz … allein …
Gyros: Minus …
Sam: Ja, minus was?
Jumbo: Ja, minus ... hatte ich auch, laaaaaangweilig …
Gyros: Pi!
Sam: Alles klar!
Jumbo: Was? Kann doch nicht sein. Da war nix mehr mit Pi!
Plastikschlitten: Ne, nur die Pi-Pi-Pfütze des zweiten Professors, die du geflissentlich ignoriert hattest, weil sie ja überhauuuuupt nichts mit dem Rääätsel zu tun hat, nicht wahr, Jumbo?

(*Alles am Lachen*)

Jumbo: Ach, kommt, scheiß auf das bekackte Rätsel! Feuern sie los, Sam!

Alle starren gespannt auf den wolkenfreien Himmel und fokussieren den Kometen, der inzwischen mit dem bloßen Auge gut erkennbar war.

Sam: Objektnummer ist gescannt, nun den Weltformelknopf gedrückt, ein Minuszeichen hinzugefügt und ... (*sitt*)
Jumbo: Weg! Hahaaaaa, der Komet ist verschwunden!

Jubel schallt von allen Straßen. Autofahrer feiern mit Hupkonzerten. Die Leute tanzen auf den Wiesen und Straßen, auf den Autodächern und wo nicht alles ...
Und (zupp) war er wieder da. Es dauerte zwar eine Weile bis alle wieder aus ihrem Jubel geholt werden konnten, ähnlich, wie bei einem Abseitstor, aber das war noch nicht alles.

(*zupp*) (*zupp*)

Auf einmal rasten plötzlich drei anstatt einem Kometen auf die Erde zu, als ob einer nicht schon völlig gereicht hätte.

Jumbo: Sam, was haben sie gemacht?
Sam: Das war ich nicht! Ich war doch gar nicht mehr an der Maschine!
Wagner: Los Sam! Immer draufhalten! Sieh zu, dass du die gelöscht kriegst!

Sam drückt hektisch die Knöpfe und (sitt) waren es nur noch zwei und (sitt)
war es nur noch einer. Selten, dass eine Stadt vor Freude aus dem Häuschen ist, obwohl sie alle gerade einen auf sie zurasenden Kometen anstarren. Aber immerhin. Besser als drei. Und (sitt) waren se wieder alle weg und (zupp) war einer wieder da und (sitt) und (zupp) und (zupp) und (sitt) …
Die Leute waren hin- und hergerissen, zwischen Jubel und Enttäuschung. Es war schwierig, da überhaupt noch einen gemeinsamen Einsatz zu finden. Am Ende setzte sich durch, bei einem neu aufgetauchten Kometen zu buhen und bei einem gelöschten kurz ‚Yeah' zu rufen.

Kapitel 24

Das Geständnis

Jumbo: So geht das nicht gut aus, Leute! Irgend so ein Penner muss auch so nen Himmi besitzen und zwar einen mit der richtigen Formel.
Gyrosbrot: Das kann nur der sein, der damals vom Tatort verschwunden ist. Es kann nur der sein! Die beiden Polizisten, diese Streifenpolizisten, die als erste am Tatort waren. Die müssen den geklaut haben!
Jumbo: Wir müssen herausfinden, wie sie heißen und wo sie wohnen und dann schießen wie sie über den Haufen und nehmen ihnen den Himmi weg! Inspektor, erzählen sie, wer waren die Penner und wo leben diese bekackten Hurensöhne?
Wagner: Hey! Es sind Kinder anwesend!
Jumbo: Tschuldigung, ist mir nur so rausgerutscht. Also, Inspektor, wo leben diese kotverschmierten Hurensöhne?
Kocker: Es fällt mir etwas schwer, das zu sagen, aber ...
Jumbo: Aber wassöa?
Kocker: Nun, ja!
Jumbo: Jetzt schießen sie endlich lossöa!
Kocker: Die Polizisten haben den Himmi nicht!
Gyrosbrot: Woher, woher wollen sie das denn wissen?
Kocker: Also, sie hatten das Dingen, oh Mann es ist mir so unglaublich peinlich!

Jumbo packt Kocker an seinem Uniformschlawittchen.

Jumbo: REEEEEDEN SIIIIIIIIIIIIEZÖÖÖÖÖÖÖAAA!
Gyrosbrot: Wenn es ihnen hilft, egal was sie für eine Scheiße verzapft haben … es ist egal! Sie können nicht in unserem Ansehen sinken, da wir wirklich schon sehr lange Zeit mit ihnen zusammenarbeiten und sie uns in der ganzen Zeit nicht einen Minimalgrund gegeben haben, überhaupt jemals Ansehen für sie aufzubauen.

Plastikschlitten: Das stimmt, Mister Kocker! Sie sind wirklich, und das sagt ihn jetzt der dritte von drei unbezahlten Hilfsdetektiven einer niveaulosen Detektivfirma, sie sind wirklich völlig unfähig, leicht debil, ignorant, schnallen nicht mal die leichtesten Zusammenhänge und es wäre eine Beleidigung für alle unfähigen Polizisten auf der ganzen Welt, wenn man sie *nur* als unfähigen Polizisten bezeichnen würde.

Jubelndes Getöse bricht aus, auf dem Dach und auch unten auf der Straße. Wahrscheinlich hätte sogar der Komet geklatscht, wenn er nicht grade mal wieder kurz weggesippt worden wäre.

Plastikschlitten: Mit ihnen verglichen ist ne Scheibe nasses Brot ein Jahrhundertgenie!
Alle: (*recken gleichzeitig den rechten Arm hoch*) YEAH!
Plastikschlitten: Mit ihnen verglichen ist ne Sickergrube ein Spaßbad!
Alle: (*recken gleichzeitig den rechten Arm hoch*) YEAH!
Plastikschlitten: Mit ihnen verglichen bewegt sich ne Schnecke mit Lichtgeschwindigkeit!
Alle: (*recken gleichzeitig den rechten Arm hoch*) YEAH!
Plastikschlichen: Mit ihnen verglichen sieht Niki Lauda aus wie Dschordsch Kluni!
Alle: (*recken gleichzeitig den rechten Arm hoch*) YEAH!
Plastikschlitten: Mit ihnen verglichen müsste ein Faultier Fleißigtier heißen!
Alle: (*recken gleichzeitig den rechten Arm hoch*) YEAH!
Plastikschlitten: und n Stinktier Gutriechtier!
Alle: (*recken gleichzeitig den rechten Arm hoch*) YEAH!
Plastikschlitten: Wenn man sie als Langeweiler bezeichnen würde, müsste man katholische Priester Stand-Up-Comedian nennen!
Alle: (*recken gleichzeitig den rechten Arm hoch*) YEAH!
Plastikschlitten: Sie sind so Scheiße, Inspektor, das Scheiße im Vergleich zu ihnen Erdbeersahnetorte ist!
Alle: (*recken gleichzeitig den rechten Arm hoch*) YEAH!

Alles klatscht und jubelt, als Plastikschlitten sich vom Dach herab verbeugt.

Jumbo: Sehen sie! Nichts kann uns erschüttern. Sie können in unserem Ansehen nicht tiefer sinken! Sie sind vom Niveau her schon seit sehr langer Zeit in der Mitte des Erdkerns angekommen. Es kann höchsten nur noch nach oben gehen.
Kocker: Das ist zwar hart zu hören, aber du hast recht! Also gut. Ich war im Besitz dieses Himmis!

Ein Riesenaufschrei raunt durch die Menschenmenge, die sich mittlerweile unterhalb des Daches versammelt haben.

Kocker: Ja, die beiden Polizisten haben mir den Himmi damals, zusammen mit ein paar anderen Fundstücken vom Tatort, auf den Schreibtisch gelegt.

Die Unruhe im Volk wird hörbar größer.

Kocker: Ich wusste nicht, dass es sich hierbei um den Himmi handelte ... (*gespannte Ruhe*)
Kocker: Ich dachte es wäre ein kaputter Fotoapparat ...

Ein Raunen geht durch die Menge.

Kocker: ... und deshalb habe ich ihn ...

(Totenstille vor Spannung, als ob einer einen Elfer...)

Kocker: ... weggeworfen!

(enttäuschtes ahhhhhhhhhh ...verschießt)

Jumbo erlangt als erstes seine Fassung zurück.

Jumbo: Wo haben sie den Himmi denn entsorgt?
Kocker: (*reibt sich mit den Händen durch sein rotes Gesicht, um die Tränen seiner Scham zu verbergen*) Wozu ist das denn jetzt noch wichtig?
Jumbo: REISSEN SIE SICH ZUSAMMENSÖA, UND BEANTWORTEN SIE MEINE FRAGE!
Kocker: In meinen Papierkorb neben meinem Schreibtisch.
Gyrosbrot: Wissen sie noch, wer zu der Zeit diesen Papierkorb immer geleert hat?
Kocker: Na, die, die es auch heute noch tut! Misses Schnickenfittich. Kommt aus der ehemaligen DDR. Sehr zuverlässig.

Jumbo: Hat sie blonde Haare und ne schwarze Warze auf der Wange?
Kocker: Du kennst sie?

Jumbo kramt seine von ihr unterschriebene Seniordetektivbestätigung hervor, die die besagte Putzfrau mangels unterschreibebereiter Polizeibeamter freundlicherweise signiert hatte.

Kocker: Wow! Das nenn ich mal eine Rekommandation!
Jumbo: Ja machen sie nur ihre Scherze! Ist Misses Schnickenfittich wohl derzeit an ihrem Arbeitsplatz?
Kocker: Ich denke schon. Wie schon gesagt. Sie ist sehr zuverlässig. Da müsste schon die Welt untergehen, damit sie zu Hause bleibt.
Jumbo: Was denn jetzt? Ist sie da oder nicht?
Kocker: Ich denke sie ist trotzdem da. Sie scheint mir nicht wie jemand, der ne Löffelliste hat.
Jumbo: Gyrosbrot, komm wir müssen los! Seht ihr in der Zwischenzeit zu, dass es nicht zu viele Kometen da oben werden!
Sam: Ich geb mein Bestes. Jedenfalls so lange bis der Akku platt ist.
Jumbo: Wir nehmen ihren Hubi, Inspektor Kotzreiz! Meiner ist mir aufgrund des Zeitdrucks etwas zu weit weg!
Kocker: Nur zu, Schlüssel steckt!

Kapitel 25

Jetzt aber schnell!

Mit Vollgas fliegen die beiden Paragraphen über die engen verstopften Straßen Richtung Polizeihauptquartier. Die Tür steht offen, als sie direkt auf dem sonst so vollgestellten Parkplatz landen. Noch kurz vor dem Aufsetzen springen sie aus dem Hubschrauber und stürmen in das Gebäude. Die ersten beiden Etagen sind wie ausgestorben. Dann, in der dritten, hören sie schmatzende platschende Geräusche. Gyrosbrot und Jumbo schleichen sich heran. War das etwa ein übriggebliebener Zombie? Als sie näherkommen, wird es klar. Misses Schnickenfittich macht noch einmal die Treppen sauber, bevor diese gleich mit voller Wucht von einer Mega-Druckwelle weggeblasen werden.

Jumbo: Guten Tag, Misses Schnickenfittich!

Misses Schnickenfittich richtet sich auf.

Schnickenfittich: Och, deoa SSeniohrdettäcktühv! Na äuf deoa Ssüche nohch nem nöien Foll? Wenn Dü net aüfposst hosst gonz schnell eäiin. Hieor ist es ssehr rütschig!
Jumbo: Ja, witzig, haha! Nein eigentlich nicht. Im Gegenteil, wir suchen bereits die Lösung.
Schnickenfittich: Wie konn isch dobei hälfen?
Jumbo: Sie machen doch schon seit Jahren das Büro des Inspektor Kocker saubermädem und leeren auch seinen Papierkorb. Er hat vor ein paar Jahren mal so ein komisches Gerät in den Papierkorb entsorgt und ...
Schnickenfittich: Och Dü mäinst den Hümmi!
Jumbo: Sie wissen, was das war?
Schnickenfittich: Noa kloa wäß isch doss. Doss wäiß döch jedor oddor etwo nischt? Hob isch doch mohl in sö noh Fernsähschow gsähn!
Jumbo: Und, haben sie ihn noch?
Schnickenfittich: Doa verwohrt man den Plündoa johrelang ünd kaum hot man ihn nischt meaor, würd er gebräucht!

Änlisch wie nohch mäinoh Schähdung ols donn pletzlisch mähn Klöh verstöpfte. Da hätt der Dräckssock sisch ändlisch mohl nitzlisch mochen kenn!
Jumbo: An wen haben sie den Himmi verkauftmädem?
Schnickenfittich: Öh! Den hobe isch in deao Lökohlzaitung ünter deoah Rübrick Tächnick verkäuft!
Gyrosbrot: Wissen sie vielleicht ganz zufällig, an wen sie verkauft haben, Misses Schnickenfittich?
Jumbo: Ja, kennen sie den Namen des Käufers, oder können sie ihn beschreibenmädem?
Schnickenfittich: Es war ein jüngor Bürsche äus deao Gägend hiohr! Hott dän Hümmi direkt bäi miahr obbgehölt! Und doss obwöhl eohr im Röllstühl sohß. Erst ols ich ihn äus däm Fänstoahr erspähte, wüsste isch, worum eaor nücht höchkohm. Hob ihm dähn Hümmi dann rüntogebrocht. Hotte nä gonz scheene Fohne, der Güthe. Doss der überhäupt noch grodeäusfohren konnte. Äuch der Bäutel on ssäinem Röllstuhl wohr voll müt Bieohrfloschn!
Gyrosbrot: Wissen sie denn noch, wie der Mann hieß?
Schnickenfittich: Och Dü mäine Gütoh. Wie hieß deao denn noch? Eaor hott süsch müt änem Nohmen omm Tälefön gemeldet, obor isch hob eh nischt gegläubt, doss doss sähn rischtiger Nohme wohr! Er nonnte sisch nohch änem Schähspieler, änn berühmter Schähspieler, deshalb!
Gyrosbrot: Kluni?
Jumbo: Johnssen?
Gyrosbrot: Berühmter Schauspieler, Jumbo!
Jumbo: Ich war früher sehr berühmt ...
Gyrosbrot: Ja sicher. Aber dann hätte er sich nicht mit Johnssen gemeldet, sondern mit Stummelchen!
Schnickenfittich: Woss Ssie woren das Stümmelchen? Üst joah hährrlich! Onn deao Wündeawählt des Fülm tählzühöhben. Beeeenäääääääääääääädenssswääääääääaaaaaaaooooooohrt! Könn ssie miau vüllähscht n Ätogromm gäbn?
Jumbo: Nun ja ...
Schnickenfittich: Hiear äuf. Möment. (*kramt in der Putzkitteltasche*) Äuf düsen Zügorättenfültoa! Posst döch ürgendwie, ödeohnüscht? HAHAHA!

Jumbo: Sehr witzig! Hörn sie zumädem. Wir sind nur in zweiter Linie zum Spaß hier! Unser Hauptaugenmerk liegt darauf, die bekackte Welt vor einem oder mehreren riesigen Kometen zu schützen! Und dafür benötigen wir nun mal ihre Hilfe. Ich meine, vielleicht könnte Chuck Norris den riesigen Geröllklotz mit der Handkante zerbröseln, aber wir ... wir müssen es mit unkonventionelleren Mitteln versuchen und da wäre es hilfreich, wenn sie …
Schnickenfittich: Schack Nörris!
Jumbo: Wer?
Schnickenfittich: Das ist er! Schack Nörris! Doss ist der Schähspieloh! Deao Monn hot sisch omm Tälefön mit Nörris gemeldöt!
Jumbo/Gyrosbrot: SKINBOY NOXRISS!
Schnickenfittich: Ne der hieß doch ...
Jumbo/Gyrosbrot: SKINBOY NOXRISS!

Jumbo und Gyrosbrot rennen aus dem Polizeipräsidium, ohne sich zu verabschieden.

Schnickenfittich: Deoah hüß doch Schack, hm!

Schnickenfittich putzt kopfschüttelnd weiter.

(*Musik*)

Mit dem Heli fliegen Jumbo und Gyrosbrot zu dem Hochhaus unweit des Schrotthandels Titte Johnssen, wo Skinboy Noxriss inzwischen sein Dasein fristet.

Gyrosbrot: Da oben! Da sitzt er mit seinem Himmi!
Jumbo: DIESER WIDERLICHE ... dieser ... na warte!

Jumbo fliegt eine enge Kurve und landet unweit von Skinboys Rollstuhl. Skinboy hat längst den Hubschrauber mit dem Himmi anvisiert und wartet nun geduldig, bis die beiden Detektive aussteigen und sich ihm mit langen Schritten nähern.

Skinboy: Stopp!

Die Detektive bleiben abrupt stehen.

Gyrosbrot: Wir sind unbewaffnet, Skinboy!

Skinboy: Schön für mich! Was ihr wollt, brauch ich ja nicht zu fragen. Mann, Mann, da hat euer Dritter ja nen ordentliches Zombie-Massaker angerichtet. Ich konnte gar nicht so schnell die Knöpfe drücken, wie die da unten alles weggeballert haben. Aber am besten hat mir gefallen, wie er am Ende alles wieder saubermachen musste. Wo ist er eigentlich?
Gyrosbrot: Er ist … keine Ahnung. Wir haben ihn in der Aufregung vergessen mitzunehmen.
Jumbo: Hör mal, Skinboy!
Skinboy: Ihr wollt meinen Himmi klauen, nicht wahr?
Jumbo: Nein, wir denken nicht mal im Traum daran, dir deinen Scheiß wegzunehmen.
Gyrosbrot: Hör mal, Skinboy! Es macht doch keinen Sinn, Kometen zu verdoppeln! Ich meine, du wirst den Aufprall doch auch nicht überleben. Nicht mal, wenn nur einer von der Sorte runterkommt!
Skinboy: Na und? Seht mich an! Ich bin ein Krüppel! Habe eine Leberzirrhose und Bauchspeicheldrüsenkrebs. Ich hab keine zehn Wochen mehr zu leben!
Jumbo: Ja, ist das denn unsere bekackte Schuld, wenn du dich zu TODE SÄUFST? Und außerdem geht es hier ja nicht nur um dich, denk doch mal an all die Menschen da draußen. Und ehrlich gesagt, würden mir unsere kleinen Rangeleien ganz schön fehlen …
Gyrosbrot: Und falls du es noch nicht wusstest. Dein Ende ist gar nicht so nah wie du glaubst! Hast du denn die Gebrauchsanleitung nicht gelesen? Du kannst dich mit sonem Himmi doch ganz einfach selbst heilen! Du musst nur n Selfie mit dem Himmi-Moped machen und konservierst damit deinen Zustand! Du bist dann quasi unsterblich!
Skinboy: Wer sagt mir denn, dass das nicht ne Falle ist?
Jumbo: Aber Skinboy, es würde uns doch nicht im Traum einfallen, dich auf Kreuz zu legen. Außerdem bist du dafür doch viel zu schlau für uns. Und was hast du schon zu verlieren?
Skinboy: Ja, das stimmt allerdings. Ihr sagt also, ich muss das Teil nur auf mich selbst richten? Und dann abdrücken?

Gyrosbrot schreitet unauffällig näher, während Skinboy mit dem Selfie beschäftigt ist.

Gyrosbrot: Ja, genau. Du musst es nur auf dich selbst richten. Und dann beide Knöpfe gleichzeitig drücken, hörst du?

Da stürzt sich Jumbo auf Skinboy.

Jumbo: Wer sagt denn eigentlich, dass dieser Typ hier überhaupt gehbehindert ist? Ich hab schon viele verkrüppelte Körper gesehen, in Afghanistan, aber so ein gut situierter Invalide ist mir dort nicht begegnet!

Jumbo packt den Rollstuhl am rechten kleinen und großen Rad und wirft ihn ruckartig um. Skinboy purzelt auf den Estrich-Boden des Hochhausdachs. Der Himmi fällt ihm dabei aus den Händen und rutscht noch ein paar Meter weiter als er.

Gyrosbrot: Was soll das denn? Pack ihn zurück in den Rollstuhl!
Skinboy: Aua, was soll der Scheiß?

Jumbo packt sich Skinboy und versucht ihn auf die Beine zu stellen. Ohne Erfolg.

Jumbo: Jetzt stell dich schon endlich hin, du Simulant!

Kapitel 26

Der große Knall

Gyrosbrot hebt den Himmi auf und begutachtet die wenigen Knöpfe an der Oberseite.

Gyrosbrot: (*fast beiläufig*) Jetzt lass gut sein, Jumb, und setzt ihn zurück in seinen bekackten Rollstuhl!

Jumbo hebt Skinboy wieder hoch, will ihn grade in den Rollstuhl setzten, als er sich angeekelt zu Gyrosbrot dreht.

Jumbo: Ihh, der Stuhl ja wirklich bekackt ... (*zu sich selbst*) ... und wahrscheinlich nicht nur der.

Jumbo lässt Skinboy wieder auf den Boden fallen und geht zu Gyrosbrot rüber, der gerade versucht, sich mit den grundlegenden Bedienelementen des Himmis vertraut zu machen.

Skinboy: (*heiseres Lachen, halb in einer Pfütze liegend*) Es ist eh zu spät. Die Kometen treffen gleich die Erde, kaha, hehehe!
Jumbo: (*schaut zum Himmel*) Schitte! Es werden gar nicht mehr weniger.
Gyrosbrot: Du hast recht! Es sind die ganze Zeit schon zehn Stück. Wahrscheinlich ist Sam mittlerweile der Saft ausgegangen. (*wedelt mit dem Himmi herum*) Jumbo, so mach doch was!

Jumbo reißt Gyrosbrot den Himmi aus den Händen und richtet ihn beidhändig auf den ersten der zehn Kometen, die mittlerweile den ganzen Himmel verdunkeln. (*zupp*)

Jumbo: Na also, ist doch ein Kinderspiel. Das war der erste!
Gyrosbrot: (*zappelnd*) Nein, Mann! Das ist der Elfte, du musst erst ein Minuszeichen vor die Zahl setzen, sonst verdoppelst du die bekackten Dinger genauso wie es Skinboy die ganze Zeit gemacht hat.
Jumbo: Ach so, hehe. Muss mir auch mal einer sagen! Also gut (*konzentriert, Zunge zwischen den Lippen*) Miiinuuusss...zeichen. Wo ist denn hier das Minuszeichen, bekackte Scheiße noch mal?

Gyrosbrot: Könntest du dich vielleicht n bisschen beeilen? Die Kometen sind echt bald da, Mann! Du hast höchstens noch ne Minute, oder so!
Jumbo: Ich ... ich ... IN AFGHANISTAN HATTEN WIR SO WAS NICHT, ICH MUSS MICH EINARBEITEN!
Gyrosbrot: (*flehend*) Ja, dann tu das aber möglichst schnell!
Jumbo: Na, wer sagts denn! Und los gehts! (*sitt*)
Gyrosbrot: Bravo, Jumbo. Jetzt den nächsten!

(*sitt*) (*sitt*) *Unten auf der Straße wird das Gekreische lauter. Die meisten beten oder halten sich die Augen zu. Die, die wichsenderweise in der Menge stehen legen nun einen Zahn zu, um noch rechtzeitig zum Abschuss zu kommen.*

Gyrosbrot: Noch acht Stück, Jumbo! (*sitt*)
Jumbo: Sieben, yeah (*sitt*)
Gyrosbrot: Sechs (*sitt*) Fünf

Manche Leute unten registrieren, was am Himmel geschieht, und zählen mit runter. Ob sie nun die Verringerung der Kometen oder die Sekunden bis zum Einschlag zählen, ist schwer auszumachen, da es ziemlich zeitgleich vonstattengeht. (*sitt*)

Gyros/Leute: Vier!

Jumbo visiert schon den nächsten an und eliminiert auch diesen.

(*sitt*)

Alle: 3 (*sitt*)
Alle: 2 (*sitt*)
Alle: 1
Gyrosbrot: (*panisch*) Los Jumbo! Den letzten, schnell, WORAUF WARTEST DU?

Just in diesem Moment kristallisiert sich genau über ihren Köpfen ein graues wolkenartiges Gebilde und breitet sich explosionsartig über den blauen Himmel aus.

Jumbo: Ich kriege ihn noch nicht. Da ist die verkackte Wolke im Weg. Ich muss warten, bis er aus der Wolke hervorkommt!

Gyrosbrot: Wie soll das gehen? Dann hast du doch keine Zeit mehr. Die Druckwelle wird uns vorher wegblasen, JUMMMMM-BOOO!

Jumbo stellt sich breitbeinig dem Kometen entgegen und reckt den Himmi mit beiden Händen in Richtung Wolkenfront. Warme Luft strömt aus dem Himmel, wie von einem gigantischen Fön geblasen.

Jumbo: ICH HAB DOCH NICHT FÜNF JAHRE DEN TURBANTRÄGERN IN DEN ARSCH GETRETEN UM MICH VON SO EINER DÄMLICHEN DRUCKWELLE WEGPUSTEN ZULASSEN.

Der Dreck der staubigen Straße wird bis aufs Dach hochgewirbelt, Sandteufel entstehen aus dem Nichts und fegen unten durch die Menge, wo das Gekreische zunimmt. Die Luft wird merklich wärmer und fließt jetzt aus dem Himmel wie Badewasser.

Tiefe Stimme von der Straße unten: Jetzt schieß endlich das Dingen ab, du gehirnamputiertes Kackschwein, worauf wartest du?
Helle Stimme von der Straße unten: Los! Rette uns! Bitte! Ich blas dir dann auch einen!

Jumbo, hoch konzentriert mit der Zunge schon fast im eigenen Nasenloch.

Tiefe Stimme von der Straße unten: Ich auch und ich besorgs dir richtig von hinten, du geile fette Sau.

Jumbo ist nur kurz irritiert und konzentriert sich weiter auf die Wolke und den dahinter anrauschenden Kometen. Sehen kann er ihn nicht. Aber hören. Tausende Güterzüge scheinen irgendwo da oben auf die Erde zuzurasen.

Helle Stimme von der Straße unten: (*schrill*) Du darfst mich richtig durchficken! Hier unten! Mitten auf der Straße, wo es jeder sehen kann! Aber erst musst du uns alle retten.

Die meisten Wichser haben nun ihr Klassenziel erreicht und lassen sich erschöpft auf das weiche Gras der Verkehrsinsel fallen. Bereit für den allerletzten Akt. Währenddessen beginnt die Welt zu vibrieren. Jumbo vernimmt ein sanftes Kribbeln unter den Füßen. Kurz blitzt eine alte Erinnerung in ihm auf. Er sah sich von oben, wie er vor der Grundschule von seinen fiesen Mitschülern auf ein Skateboard gestellt und den Berg runter gestoßen wurde. Dann kam die Stelle mit dem Rollsplitt. Niemals würde er dieses Kribbeln in den Füßen vergessen. Wenige Augenblicke später hatte ihm der Asphalt die halbe Fresse weggeschmirgelt. Als er sich nach einer kurzen Bewusstlosigkeit wieder aufgerappelt hatte, war durch den Sturz wundersamer Weise aus dem kleinen, fetten, überdurchschnittlich doofen Looser ein kleiner, fetter, überdurchschnittlich intelligenter Looser geworden. Dieser Unfall hatte sein Leben verändert. Das war der Tag, an dem er seine Berufung entdeckte. Ab dem Tag war er nicht mehr der hirnlose schwabbelige Versager. Er wurde über Nacht zu dem, was er bis heute war. Ein schwabbeliger Klugscheißer. Sein ganzes Leben hatte er sich gefragt, wofür seine nachträglich geschenkte Gabe gut sein sollte. Wo war der tiefere Sinn darin? Was hatte da jemand für ihn geplant? Welchen Auftrag hatte er damit für seinen Lebensweg erhalten? Da grillt ihn die Erkenntnis wie ein Blitz, während die Schwingungen unter ihm seine Knie zittern lassen. Er würde heute nicht sterben. Jetzt fügte sich alles zusammen. Sein gesamtes Leben zielte nur auf diesen Moment. All die Fälle, die er mit Plastikschlitten und Gyrosbrot gelöst hatte, waren nichts anderes als ein lebenslanges Trainingslager, um für diesen Tag vorbereitet zu sein. Oft hatten sie sich gefragt, wo ständig diese bekackten Rätsel herkamen, die sich ihnen zu Hunderten im Rahmen ihrer Detektivarbeit stellten. Dabei führten ihn all diese Erfahrungen zu diesem letzten großen Showdown. Die Rettung der Welt. Welch Hohn des Schicksals, wenn er jetzt einfach mit allen anderen draufgehen würde. Nein. Der Masterplan war eindeutig. Wie ein Skalpell durchschneidet der Gipfel seiner Gedanken sein Bewusstsein. ER würde die Welt retten. Jetzt und hier! Das war seine Bestimmung. Das hier ist nicht das Ende, sondern der Anfang! Ein für alle Mal würde er heute aus dem Schatten des ... Plötzlich fährt ihm der anschwellende Infraschall direkt aus dem dunklen Wolkenmassiv in sein komplettes Skelett und holt ihn in die Realität zurück.

Gyrosbrot: Los, drück ab, Jumbo!

Jumbo: (*am ganzen Körper vibrierend*) ES GEHT NOCH NICHT! DA IST NE BEKACKTE WOLKE IM WEG!

Der Luftdruck nimmt weiter zu. Die Leute pressen sich die Hände auf die Ohren und beginnen panisch zu kreischen. Einer nach dem anderen werfen sie sich auf den Boden. Mit den Jacken über dem Kopf strampeln sie ineinander verkeilt im aufwirbelnden Staub umher, um Schutz unter anderen Körpern zu finden. Oben auf dem Dach ist Skinboy der einzige, der mit Tränen in den Augen lächelnd in den Himmel blickt, als stünde ihm die Erlösung kurz bevor. Jumbo spannt seinen gesamten Körper an, während er mit stählerner Standhaftigkeit immer noch präzise auf die Wolke zielt. Ist das überhaupt eine Wolke? Ein gelbgrüner Schein pulsiert aus ihrem Zentrum. Lichtblitze zucken durch die wabernde Wand und erzeugen grüne Leuchtspuren. Das Donnern der Güterzüge nimmt zu und nähert sich der Schmerzgrenze.

Jumbo: (*brüllt gegen den tosenden Sturm an*) Komm schon, DU BEKACKTES KLEINES SCHEISSDING, ICH HAAAB HIEEER WAAAS FÜÜÜÜR DIIIIICH!

Die Farbe im Zentrum des dunklen Himmels verändert sich. Mit einem letzten ultrahellen Blitz materialisiert sich ein Torus aus gelbroter Energie und saugt die Wolkenwand in ihr Zentrum. Schlagartig trifft eine brutale Schockwelle auf die Erde. Sämtliche Bäume knicken um. Straßenlaternen und Strommasten biegen sich wie Strohhalme flach auf die Erde. Die letzten standhaften Bürger werden buchstäblich von den Füßen gerissen und klatschen auf den Boden. Gyrosbrot wird um die eigene Achse gewirbelt und von einer tonnenschweren unsichtbaren Last auf den Beton gepresst, so dass er nicht mal mehr atmen kann. Mit letzter Kraft quetscht er ein letztes Wimmern aus sich heraus, welches wahrzunehmen nicht einmal er selbst im Stande war.

Gyrosbrot: Mama!

Jumbo ist der Einzige, der dem Druck und dem Sturm noch standhält. Wie ein Fels in der Brandung ragt er mit seinem vorgestreckten Himmi vom Dach in den Himmel. Mit übermenschlicher Anspannung und breitem Stand blickt er dem heranrasenden Feuerball entgegen. Sein Körper fühlt sich an wie aus Stahl gegossen. Von ihm allein hängt das Überleben des Planeten Erde ab. Aus seinen Augen tränen pure Adrenalinströme. Seine Fresse schlackert in dem Sturm wie bei einem falschherum fallschirmspringenden Fallschirmspringer, während ihm der unerträgliche Hitzestrom seine Haare frittiert. Jumbo jedoch steht noch immer senkrecht. An ausgestreckten Armen umkrampft er mit geballten Fäusten die Seitengriffe des Himmis und zielt in das Zentrum des heranrasenden Armageddons, als der Komet mit einem trommelfellzerfetzenden Knall die Wand aus brennender Luft durchbricht. Eine gewaltige Ausgeburt der Hölle explodiert mit einer atmosphärischen Schockwelle hervor, die alles Gewesene in den Schatten stellt. Jumbo trifft es wie ein unsichtbarer Faustschlag und er wird auf den Boden geschleudert, während das Dach unter ihm bedrohlich absackt. Auf dem Rücken liegend zielt Jumbo mit übermenschlichem Willen und immer noch vorgestreckten Armen direkt in die glühende Fratze des heranrasenden Kometen, als die Betonplatte unter ihm endgültig mit ächzendem Geknirsch nachgibt. Jumbos Füße halten ihn in dem einen Moment noch wie Stahlfedern in Schuss-Position, doch dann reißt unter ihm die Decke ein und große Teile des Daches werden in das Gebäude gedrückt. Im freien Fall ist Jumbo wie geblendet von der gigantischen Faszination des sprühenden Feuerballs. Mit allerletzter Kraft drückt Jumbo noch einmal seine Arme durch, bevor er das Bewusstsein verliert. Nur ein ganz kleiner Funke, tief in seinem Hirn, blitzt auf und schickt einen letzten Impuls durch eine Nervenbahn zum rechten Zeigefinger. Ein kleines grünes Lämpchen am Himmi quittiert die erfolgreiche Subraumsubtraktion.

(virtuelle Kamerafahrt durch die Schaltkreise des Himmis hinter einem blitzenden Funken her, Auslösung des Relais in Großaufnahme und Zeitlupe, harte Blende auf Totale mit grüner Himmi-LED, Audio wieder hochpitchen und Schwenk auf den Himmel)

Wo eben noch ein glühender Brocken aus dem Weltall mit infernalischem Getöse kurz vor dem Einschlag stand, wird jetzt durch den schlagartigen Unterdruck die brennende Atmosphäre, kurz bevor sie die Erde erreicht, in einer gewaltigen Implosion angesaugt und annihiliert. Ein letzter Rückschlag hebt und senkt den Boden wie eine sanfte Ozean-Welle unter einem Schlauchboot, während Jumbo zusammen mit den Trümmerteilen des Hochhausdaches in die oberste Etage einschlägt. Durch die Wucht gibt auch diese Geschossdecke nach und stürzt tiefer in die darunterliegende Etage. Nach und nach klatscht Etage auf Etage, bis das ganze Gebäude pancakemäßig über Ground Zero zu einer gigantischen Staub- und Aschewolke pulverisiert wird und Jumbo ausgelaugt und schlaff, mit einem Lächeln im Gesicht und glänzenden Augen, rücklings in seiner eigenen Pisswichse liegt. Was dann folgt, lässt sich nur mit einem Wort beschreiben.

Totale Stille.

(*Musik*)

Kapitel 27

Ehre, wem Ehre gebührt

Bürgermeister: Und nun, meine lieben Mitbürgerinnen und Mitbürger, liebe Freundinnen und Freunde, begrüßt mit einem Riesenapplaus den Mann der Stunde. Den Mann, der unsere Stadt nicht nur vor einem Kometen, sondern gleich vor zehn Kometen gerettet hat. Oder sogar elf Kometen, wenn man den, den er selbst versehentlich dazu dupliziert hat, mitzählt.

(Publikum am Lachen)

Bürgermeister: *(ringsprecherlike)* Jumbooooo Johnnnnnnssen!

(tosender Applaus)

Jumbo ext den Rest seines Maxi-Kai-Piranja und wischt sich rülpsend mit dem Ärmel über den Mund, während er das Glas auf den Tresen knallt. Auf seiner Stirn hat sich ein glänzender Schweißfilm gebildet. Im Aschenbecher verglüht der Filter einer Zigarette. Während das Publikum begeistert klatscht, schreitet Jumbo erhobenen Hauptes, Eiswürfel und Limettenschalen kauend, zum Rednerpult, nachdem der Bürgermeister ihm die Hand geschüttelt, einen Strauß Blumen und eine Jumboflasche Champagner überreicht hat. Jumbo stellt die Flasche neben das Pult, den Strauß Blumen legt er vor sich ab. Er biegt das Mikrofon umständlich etwas tiefer, sodass er mit einem aufgestützten Ellenbogen bequem hineinsprechen kann. Mit dem Zeigefinger folgt noch ein kleiner Mikrofoncheck.

(klopf, klopf, kleines Feedback, kleines Geröchel)

Jumbo: Ja. Ich weiß gar nicht ... es ist ja im Prinzip ... doch ich bin tief gerührt, dass ich mein Beitrag leisten konnte, um die Stadt, unsere schöne Stadt Rambo Bietsch und unser wunderschönes Land, die Vereinigten Staaten von Amerika, zu retten!

(tosender Applaus)

Jumbo: Es ist zwar nicht so, dass ich das nicht schon bereits vorher getan hätte, als ich unser Land am *Hindukusch* verteidigt habe, gegen diese turbantragenden Halbaffen aus Afghanistan. (*keine Reaktion im Publikum*) Na, jedenfalls hätt ich dieses große Ziel nicht erreichen können, ohne meine geistige Überlegenheit und meine körperliche Kraft und natürlich durch meine Kampf-Erfahrung, die ich mir in Afghanistan-Einsatz angeeignet habe. Es wäre sicherlich nicht übertrieben, mich als Ehrenbürger und graue Eminenz dieser Stadt ins Gespräch zu bringen und mir einen unbefristeten Dauerparkausweis für die ganze Stadt, auch für eingeschränkte und absolute Halteverbote, auszustellen. Natürlich nehme ich kein Honorar. Das ist allein aus steuerlichen Gründen schon nicht besonders sinnvoll, aber eine finderlohnähnliche Vergütung ist sicherlich im Bereich des Annehmbaren.

(*Buhrufe aus dem Publikum*)

Tiefe Stimme aus dem Publikum: Geh nach Hause!
Helle Stimme aus dem Publikum: Und so einem wollte ich einen blasen!
Tiefe Stimme aus dem Publikum: Jetzt hast du ja mich!
Helle Stimme aus dem Publikum: Das Stimmt. Ich liebe dich, Pamkin!
Tiefe Stimme aus dem Publikum: Ich liebe dich, HanniBanni!
Jumbo: Gut, dann würde ich mal vorschlagen, dass wir nun zur Scheckübergabe der zehn Trilliarden Dollar kommen.

Die Buhrufe werden lauter. Jumbo geht etwas zur Seite und wartet gelassen ab, mit den verschränkten Händen vor dem dicken Bauch.

Bürgermeister: Nun gut! Dann heiße ich unseren weltberühmten Gast aus Deutschland herzlich willkommen und bitte nun Mister Lusche mit dem Zehn-Trilliarden-Dollar-Scheck auf die Bühne.

Laberald Lusche schreitet nach vorn. Hinter ihm zwei wunderhübsche, großbusige, blonde Mittfuffzigerinnen, die den Riesenscheck auf die Bühne tragen. Jumbo geht bereitwillig noch einen Schritt zur Seite und überlässt Lusche das Rednerpult.

Lusche: So, Tachchen! Mein Name ist Laberald! Es ist mir eine Ehre, im Auftrag des wunderschönen Staates Knallifornien und der gesamten restlichen Welt den Zehn-Trilliarden-Dollar-Scheck zu überbringen. Vielen Dank für die Einladung. Eigentlich hatte ich ja heute einen Termin für eine TV-Aufzeichnung im Rahmen meiner prächtigen Selbstvermarktung. Aber den Mondlandungsverschwörungstheoretikern kann ich ja später immer noch eine reinwürgen. Jetzt, wo es für unsere Zivilisation offensichtlich doch weitergeht, dank unserer Helden, muss ich ja auch weiter meine Rechnungen bezahlen, ihr versteht schon. Aber zurück zum Thema. (*streckt seinen Arm in Richtung Jumbo aus …*)

Jumbo bekommt feuchte Hände. Im Vorfeld hatte er sich bereits einen schönen Yachthafen in Monaco angeschaut und auch bereits einen Kaufpreis ausgehandelt. Nämlich genau zehn Trilliarden Dollar. Ein durchaus fairer Preis. Wenn man allein die lukrative Lage bedenkt. Durch die Mieteinnahmen hätte er das Geld bereits nach einer halben Woche wieder reingeholt. Er könnte sich dann für immer dort niederlassen und einen ruhigen Lebensabend inmitten der Odkottür verbringen.

Lusche: (*… und schiebt Jumbo zur Seite*) Auf die Bühne bitte ich nun … (*fummelt einhändig nen Zettel auseinander*) … Plastikschlitteeeeeeen Eeeeeeerdnussss!

(*tosender Applaus, Jumbos Gesicht versteinert*)

Jumbo: (*rafft es nicht, stotternd zu Lusche mit der Hand das Mikrofon abdeckend*) Wwwwas ist denn mit mir?
Lusche: Du hast vielleicht die Welt gerettet. Eine Belohnung gab es aber ja nur für die Wiederbeschaffung der Weltformel, du Schlaumeier.

Plastikschlitten, mittlerweile auf der Bühne angekommen, quetscht sich zielstrebig an Jumbo vorbei zu Lusche ans Rednerpult. Das Gejohle aus dem Publikum verstummt und eine knisternde Spannung erfüllt die Stille des Saals.

Plastikschlitten: (*kleine Rückkopplung beim Übersmikrofonbeugen*) Ja, ähh, tach, Freunde der Wissenschaft, was soll ich sagen? Mein Dank geht an Inspektor Kocker, mit dem ich ne Menge Spaß hatte, beim Zombies Abschießen. Und, äh, hallo Inspektor, ihnen wollte ich noch etwas sagen. Die Beleidigungen an sie, also als wir da auf dem Dach waren, hab ich natürlich nur losgelassen, damit sie endlich mit der Sprache rausrücken, was sie mit dem blöden Himmi angestellt hatten. Das war natürlich alles nicht so gemeint.
Kocker: (*aus dem Publikum heraus*) Das hatte ich mir schon gedacht.
Plastikschlitten: Na klar, Inspektor! (*leise ganz nah ins Mikrofon*) Als ob …

(*Gelächter aus dem Publikum*)

Plastikschlitten: Des Weiteren bedanke ich mich bei Tatilda! Hätte sie nicht drauf bestanden, dass ich die Wohnwägen alle beseitige, hätte ich den Glasbären, in dem die Weltformel eingraviert war, ja schließlich niemals gefunden. Da ich für die Arbeit dann auch noch ein Stück Kirschtorte bekommen habe, wurde ich so gesehen für den ganzen Aufwand doppelt belohnt. Wobei ich ehrlich gestehen muss, Misses Jonas, auch wenn ihre Kirschtorten die weltbesten sind, vor allem jetzt, wo dich wichtigsten Zutatenpötte beschriftet sind, dass mir die zehn Trilliarden Dollar doch noch etwas besser schmecken werden.

(*Publikum klatscht*)

Plastikschlitten: Äh, ja, danke auch an Titte, Wagner, Sam und Gyrosbrot und (*dreht sich zu Jumbo um und klopft ihm gönnend auf die Schulter*) an dich natürlich auch, Jumbo.
Lusche: (*von der Seite ins Mikrofon*) Erzählen sie doch mal, wie war das? Wie haben sie die Formel gefunden?
Plastikschlitten: Nun ja. Also nach dem Zombieblutbad mussten Kocker, Titte und ich erstmal die ganzen Zombies wegfegen und die Wohnwägen fachmännisch auseinander bauen und übereinanderstapeln. Tatilda kriegt immer nen Rappel, wenn auf dem Schrottplatz Unordnung herrscht. Naja, war auf jeden Fall ne Riesenarbeit. Und vorher mussten wir natürlich die ganzen Caravane

ausräumen, unter anderem auch unsere gemütliche Couch. Oh Mann, Leute, dahinter war echt ne Menge Dreck und Müll. Sogar der Käfig unseres gefiederten Freund BlackUndDecki wurde von meinen Kameraden einfach hinter die Couch geworfen. Stellt euch vor, sie haben es nicht mal für nötig befunden, den toten Vogel vorher herauszunehmen, nachdem sie ihn dort in seinem eigenen Dreck elendig krepieren ließen.

Buhrufe hallen aus dem Publikum. Viele zeigen mit dem Daumen nach unten und ein Schuh und einige Tomaten fliegen haarscharf an Jumbos Kopf vorbei, weil er so grade noch ausweichen kann.

Plastikschlitten: Nun, nachdem ich den Schock verkraftet und diesen letzten BlackUndDecki zu den 728 anderen BlackUndDeckis der anderen Wohnwägen in ein würdevolles, eigens noch ausgehobenes Massengrab gebettet hatte, und mich nun dem restlichen Dreck und Müll widmen musste, da riss mir einer dieser uralten bis oben hin vollgestopften Müllsäcke unten auf und die ganze Scheiße platzte unten raus. Beim Zusammenfegen funkelte es mich dann auch schon an. Tja, Leute, haha, in einem dreißig Jahre alten Kaffeefilter erspähte ich in dem knochenharten Prütt etwas Gläsernes. Und das, meine Lieben, war der kleine Stummelschwanz am Arsch unseres kleinen Glasbären. Da habe ich natürlich nicht lange gezögert und gleich die Bedeutung meiner Entdeckung erkannt. Schließlich bin ich *Detektiv*!

(Beifall aus dem Publikum)

Plastikschlitten: Und nicht irgend so ein grobmotorischer Opfertyp ohne echte Freunde.

(Stille im Publikum)

Plastikschlitten: (*kurz verlegen*) Äh, ehm, naja, wie auch immer. A..Auf jeden Fall, als ich den Glasbären dann da rauspulte, sah ich, dass es nur der untere Teil des Bären war. Ein glatter Bruch, sage ich euch, fast wie ein Schnitt. Und dort entdeckte ich dann die eingebrannte Weltformel, die Professoren dort eingelasert hatten. Ich erledigte meine Arbeit auf dem Schrottplatz und dann gabs erst einmal lecker Kirschtorte.

(*zwinkert mit erhobenem Daumen Richtung Kocker*) Danach sind wir, Inspektor Kocker und ich, auf dem schnellsten Weg mit dem Heli rüber geflogen, um die Weltformel genau dahin zu bringen, wo sie gebraucht wurde. Und genau deshalb, liebe Leute, sind wir heute alle noch am Leben. Vielen Dank fürs Zuhören, schönabend noch.

Plastikschlitten verbeugt sich, während das Publikum sich ehrfürchtig zum Applaudieren von den Sitzen erhebt. Die älteren Damen überreichen Plastikschlitten den Scheck. Eine Reportertraube von allen Sendern der Welt kommt an den Bühnenrand. Sie machten Fotos und halten ihm Mikrofone an langen Stangen ins Gesicht und stellen Fragen in allen möglichen Sprachen. Stolz hält Plastikschlitten den Scheck vor sich, umrandet von den hübschen Damen, die ihm wie bei einem Sieg bei der Tour de France, mit erhobenen Hacken von links und rechts auf die Wangen küssen.

Bürgermeister: Eine letzte Frage noch (*kommt mit einem Handmikrofon zu Plastikschlitten herüber*) Was werden sie mit dem ganzen Geld anstellen?
Plastikschlitten: Ich werde den Hügel mit den Hollywood Buchstaben kaufen und alle 729 BlackUndDeckis dort im Hang würdevoll begraben. Den Rest des Geldes werde ich dem Verein *Unsere gefiederten Freunde Rambo Bietsch e.V.* spenden.

Jubelstürme brechen aus. Besonders bei den Leuten im Publikum, die in diesem Verein aktive Mitglieder sind. Dann hält es die Menge nicht mehr auf den Stühlen. Alle stürmen auf die Bühne, heben Plastikschlitten hoch und tragen ihn jubelnd wie einen König polonäseartig durch den Saal.

(*Musik*)

Acht Stunden später sitzen Gyrosbrot und Jumbo mit tiefen Augenringen neben der Bühne am Tresen. Die meisten sind schon vor Stunden nach Hause gegangen. Der Aschenbecher ist mittlerweile randvoll. Gyrosbrot nippt an seinem White Raschen, Jumbo knabbert nachdenklich an dreiundvierzig Salzstangen.

Gyrosbrot: (*aufmunternd*) Hey Jumbo, nimm es nicht so schwer. Ich meine … sieh es doch mal so. Wir haben vielleicht nichts ... ich meine, wir sind vielleicht nicht reicher geworden, durch die ganze Scheiße, aber es war doch auch streckenweise geil, oder nicht?
Jumbo: (*irgendwie traurig*) Gyros, *ich* bin der erste Detektiv, aber dieses Mal hat Plastikschlitten die ganzen Lorbeeren geerntet. Das steht normalerweise am Ende immer *mir* zu.
Gyrosbrot: (*nimmt seinen korpulenten Kumpel freundschaftlich in den Arm*) Ach Jumb, du wirst doch immer unser Erster bleiben, das kann dir keiner nehmen!
Jumbo: (*etwas versöhnt*) Da hast du auch wieder recht. (*schiebt sich die Salzstangen komplett rein*)

Plastikschlitten taucht plötzlich hinter den beiden auf.

Plastikschlitten: Ach hier seid ihr! Ey Leute, guckt mal, was uns grad der Verein *Unsere gefiederten Freunde Rambo Bietsch e.V.* geschenkt hat.

Plastikschlitten hält einen kleinen Vogelkäfig hoch.

Plastikschlitten: Er ist weiß. Und sprechen kann er auch. Ich glaub wir nennen ihn Weiti!
Weiti: Arrr Arr!
Gyrosbrot: (*puhlt begeistert mit dem Zeigefinger zwischen den Gitterstäben*) Boah, cool, sieh ihn dir an, Jumbo, ist der nicht fett? Sag doch mal was, Weiti!
Weiti: Fettsag, Fettsag!
Plastikschlitten: Jumbo, ich glaube er meint dich.

Jumbo haut mit dem Kopf auf den Tresen. Plastikschlitten und Gyros lachen sich kaputt.

Gyrosbrot: Sei froh, dass er nicht deinen ehemaligen Künstlernamen kennt und dich Stummelchen nennt, hihi.
Weiti: Stummelchen! Stummelchen!

(Jumbo weiter am Kopfauftresenkloppen, endgültiger Abschlusslacher, Papagei lacht mit)

Hier ist das bekackte

Ende

Die nächste Folge

Die drei Paragraphenzeichen §§§

und der Superpapa Guy

Kapitel 1

Baumschule, oder was?

Jumbo knetet an seinem Sack. Ein sicheres Zeichen dafür, dass er nachdenkt.

Jumbo: Mir fällt der Name auch nicht mehr ein, dann los, Plastikschlitten, gurgl doch mal.
Plastikschlitten: Was soll ich denn eingeben, wenn wir uns nicht einmal mehr an den Namen erinnern können?
Gyrosbrot: Ja, ist einfach zu lange her. Meinst du denn, dass wir überhaupt noch Anspruch auf Schülerausweise haben? Sind wir nicht inzwischen aus dem Alter raus?
Jumbo: Ach was, für so was ist man nie zu alt. Und außerdem können wir uns ohne die Schülerausweise unsere geplante Reise nach Deutschland gar nicht leisten. Also, weiter im Text, Plastikschlitten.
Plastikschlitten: Ich geb einfach mal *Schule* und *Rambo Bietsch* ein. (*ultraübertriebene Tastaturgeräusche*) So. Aha. Was haben wir denn da. Ich les mal vor. City College, Jimmy-Carter-Sonderschule, Arnold-Farbigen-Afrikaner-Gesamtschule, …
Jumbo: Sagtest du Arnold-Farbigen-Afrikaner-Gesamtschule? Was soll das denn sein?
Plastikschlitten: Hmm, keine Ahnung, ich klick mal drauf (*klick*). Ahja, hier steht etwas. Wegen der Anti-Apartheitsgesetze mussten alle Schulen mit rassendiskriminierenden Namen umbenannt werden. Die hier war bis vor einigen Jahren noch die Arnold-Schwarzenegger-Gesamtschule.

Jumbo: Aaaaaha, ich erinnere mich. Das ist damals aus Europa über den großen Teich geschwappt. Hab damals nen Artikel über Sinti-und-Roma-Schnitzel gelesen. Wenn ich mich recht erinnere, wurde auch eine ganze Abenteuerfilmreihe in Native-Jones umbenannt. Verrückt.
Gyrosbrot: Komm schon, Plastikschlitten, lies weiter die Trefferliste vor.
Plastikschlitten: Ist ja gut, Gyrosbrot (*klick*). Also, dann ist hier noch eine *Rambo Bietsch Baumschule* und die *Georg Washington Highschool*.
Gyrosbrot: (*klatscht in die Hände*) Ja, Georg Waschschlappen Highschool dingsbums. Das ist sie. Da ist der Name noch Programm. (*grinst debil*) Dachi hat mich auf der Highschool zum ersten Mal richtig high gemacht.
Jumbo: Ja, das ist unser Schule, ich bin mit ganz sicher, musste da immer an Wurstschinken denken. Schreib die Adresse auf und dann nichts wie los!

Mit Jumbos Noname-Auto sausten die drei Paragraphen in die Stadt, bis die Stimme aus dem Navigationsgerät vor einem großen dreistöckigen Gebäude etwas von ‚Ziel erreicht' faselte.

Jumbo: Sagt mal, Kollegen, kann sich von euch jemand noch an dieses Gebäude erinnern?
Gyrosbrot: (*kurbelt das Fenster herunter*) Ne, echt nicht. Sieht irgendwie baufällig aus. Schaut mal, die Fenster sind mit Pappe zugeklebt und alles ist mit Büschen und Bäumen zugewuchert. Seid ihr euch sicher, dass das nicht die Baumschule ist?
Plastikschlitten: (*von hinten*) He Leute, seht mal, da kommt ein alter Mann in einem grauen Kittel die Treppe runter. Er will zu uns. Dem Aussehen nach, könnte das der Vater unseres damaligen Direktors sein. Jetzt wo ihn sehe, fällt mir grad wieder sein Gesicht ein.
Jumbo: Stimmt! Er sieht aus wie Direktor Smith oder wie der hieß. Nur älter. Viel älter.
Alter Mann: (*steuert auf die Beifahrerseite zu*) Hey, hey! Ihr könnt doch mit dem Auto nicht auf den Pausenhof fahren, ihr hättet fast ein paar Kinder totgefahren!

Plastikschlitten: (*zu den beiden vorne*) Ha. Der brennt wohl, wir ham hier höchstens n paar Brennnesseln totgefahren.
Jumbo: (*beugt sich leicht zum Fenster rüber*) Entschuldigungsöa, aber wir sind nur dem Navi gefolgt. Wir waren lange nicht mehr hier. Mein Name ist Jumbo Johnssen und das sind meine Companheiros, Gyrosbrot Scraw und Plastikschlitten Dingsbums.
Alter Mann: Aha, ihr seid es. Dann hast du also den Brief erhalten, in dem mit der Ausschulung gedroht wurde, wenn du dich nicht mal meldest?
Jumbo: (*kneift die Augen zusammen*) Wow, *der* Brief, das ist aber schon lange her … der war damals von ihrem Sohn, dem Schuldirektor, wenn ich nicht irre? Jasöa…

Gyrosbrot wendet sich zu Jumbo und deutet rückwärts mit dem Daumen auf den alten Mann, begleitet von stromschlagmäßigen Kopfschütteln und tonlosen Lippenbewegungen.

Jumbo: (*ansatzlos weiter*) …aaah, sie sind es persönlich, Herr Direktor. Haha. Ich hatte sie ganz kurz für ihren Vater gehalten, weil sie so unendlich viel älter aussehen als damals. Verzeihensiesöa.
Alter Mann: Um genau zu sein, bin ich der *Sohn* deines ehemaligen Direktors. Aber mein Vater ist schon lange tot. Sein Grab haben wir vor Jahren einebnen lassen!
Jumbo: Mein Beileid, Mister! In welcher Stufe sind wir denn eigentlich mittlerweile?
Alter Mann: Nun, ich kenne eure Akten, da es die einzigen sind, die niemals geschlossen wurden. Zuletzt ward ihr hier zur Einschulung. Ihr wurdet jedoch immer stillschweigend versetzt, weil wir auf das Schulgeld eurer Eltern nicht verzichten wollten. (*reibt unbewusst Daumen und Zeigefinger aneinander*) Immerhin erhöht es sich alle zwei Semester um hundert Prozent. Ihr seid jetzt also in der 33. Klasse.
Plastikschlitten: (*kurbelt hinten das Fenster runter*) In der 33. Klasse? Das ist ja toll. Wissen sie, wir sind nämlich hier, um unsere aktuellen Schülerausweise abzuholen. Unsere alten sind abgelaufen.

Alter Mann: Nun ja, die Schule ist wegen ausbleibender Einschreibungen seit fünf Jahren geschlossen. Euer Schulgeld nutze ich, um hier als Hausmeister alles einigermaßen in Schuss zu halten, für die Zeit nach dem Pillenknick. Denke, dann können wir den Laden wieder aufmachen.
Plastikschlitten: Können sie uns sagen, welche Schule dann für uns zuständig ist? Wegen der Ausweise jetzt?
Alter Mann: Naja, Rambo Bietsch gehört jetzt zum Einzugsgebiet der *Santa Rabarbara High*. Moment mal, die war doch gestern noch in der Zeitung. (*kratzt sich am Kopf*) Ach ja, genau, dort werden noch drei Jungs für den jährlichen Schüleraustausch nach Deutschland gesucht. (*streckt seinen Kopf leicht durch das Beifahrerfenster*) Ihr seid ja zu dritt, ihr könnt euch da mal melden, hahaha.
Jumbo: Schüleraustausch? Deutschland? Hab ihr das gehört, Kollegen? Nix wie hin, das kommt ja wie gerufen.
Alter Mann: Viel Glück, die Adresse ist 700E Anapamu.
Jumbo: Alles klar, vielen Danksöa! Gyroskot, hack das in das Navi ein! (*startet den Motor*) Fenster hoch, wir holen uns drei Gratis-Tickets nach Deutschland.

Mit quietschendem Keilriemen verlassen die drei mit zweifacher Schrittgeschwindigkeit den Hof.

Die ganze Leseprobe findet ihr hier:

www.DreiParagraphenzeichen.de

Epilog

Eine Woche später sitzt Weltallfred Hitschkoks, der berühmte Filmregisseur, in seinem Büro und blättert durch die Aufzeichnungen, die Plastikschlitten unter ‚Die Weltformel und der Weltuntergang' zusammengestellt hatte. Hitschkoks klappt den Ordner geräuschvoll zu und setzt das Cola-Glas neben seinem angebissenen Gyros-Pita ab. Beim Lesen hatte er doch glatt das Essen vernachlässigt. Das war den drei Paragraphenzeichen natürlich aufgefallen. Ein sicheres Zeichen dafür, dass die Geschichte den nicht vollständig unbekannten somit hinlänglich berühmten Regisseur gefesselt hatte. Plastikschlitten sieht Gyrosbrot und Jumbo zuversichtlich an, erhebt sich dann von seinem hartholzigen Besucherstuhl und steht mit zwei Schritten neben dem Filmemacher. Hitschkoks wuchtet seine Beine auf den Schreibtisch, beißt mit einem Schmatzgeräusch von seinem Gyros-Pita ab und drückt sich in die Lehne seines Chefsessels.

Plastikschlitten: (*mit vorgestreckter Handfläche*) Und, Mister Hitschkoks, wie finden sie es *jetzt*? Haben sie es sich *so* vorgestellt?
Hitschkoks: Mich würde interessieren, wo die ganzen Zombies und Wohnwägen herkamen.
Plastikschlitten: Nun, Skinboy lebt in dem Hochhaus nahe des Schrottplatzes. Vom Dach aus hatte er freie Sicht auf das Gelände. Mit dem Himmi, den er der Putzfrau aus der Dienststelle abgekauft hatte, hat er dann den ganzen Vormittag uns und unsere Zentrale vervielfacht. Und Jumbos Mante hat er wohl auch erwischt und multipliziert.
Hitschkoks: Und warum wurden eure Doppelgänger zu Zombies und keine euch geistig gleichstehenden Klone?
Jumbo: Das kann ich erklärensöa. Dieser Sachverhalt ist dem Tatbestand geschuldet, dass Lebewesen, im Gegensatz zu Gegenständen, ein eigenes Seelenleben besitzen. Der Charakter und die Intelligenz eines Individuums wird durch Erfahrungen, Erlebnisse und Wissensanreicherung geformt. Der Himmi kann aber nur Materielles verdoppeln. Intelligenz ist jedoch kein Bestandteil von

Materiesöa, genauso wenig, wie Materie aus sich heraus intelligent sein kann.
Hitschkoks: Und wie seid ihr, Jumbo und Gyrosbrot, aus dem kollabierenden Hochhaus heile herausgekommen?
Jumbo: Wieder ganz einfachsöa. Wir fielen mit dem Dach auf die oberste Etage und durch das Gewicht fiel diese auf die nächste und immer so weiter. Es fiel also nie etwas auf und hernieder und wir stürzten immer nur acht Fuß tief, bis zur nächsten Etage, die dann wieder nachgab und dadurch unseren Sturz abfederte. Das wiederholte sich, bis wir unten waren. Am Ende haben wir uns völlig unverletzt auf einem Riesenhaufen Schutt wiedergefunden.
Hitschkoks: Ach ...
Gyrosbrot: Es ist ja nicht so, dass das Hochhaus professionell gesprengt wurde, so dass die Stockwerke im freien Fall zusammengefallen und am Ende nur noch Staub übriggeblieben wäre.
Hitschkoks: Du meinst, wie bei dem World Trade Center?
Gyrosbrot: Genau, Mister Hitschkoks!
Hitschkoks: Verstehe! Was ist denn anschließend mit Skinboy passiert?
Jumbo: Nun, wir haben ihn der Polizei übergebensöa. Bei der nachfolgenden Verhandlung ist er wegen 193-fachen versuchten Völkermordes zu 7,3 Milliarden mal lebenslänglich verurteilt worden.
Hitschkoks: Wieso bekam er nicht einfach die Todesstrafe?
Plastikschlitten: Die bekam er auch zunächst, wurde dann jedoch umgewandelt, weil Präsident Trump ihn spontan begnadigt hatte. Er war der Meinung, dass ein ewiges Leben hinter Gittern eine größere Strafe wäre, als der Tod.
Hitschkoks: Wieso ewiges Leben, mein Junge?
Jumbo: Es stellte sich heraussöa, dass sein elender körperlicher Zustand durch sein Selfie mit dem Himmi tatsächlich für immer konserviert wurde. Er ist zwar nach wie vor kaum mehr lebensfähig, aber an einem natürlichen Tod sterben kann er nicht mehr.
Hitschkoks: Aha. Na das ist doch mal ne gerechte Strafe. Und was ist mit den beiden Himmis geschehen? Die habt ihr doch nicht mehr, oder etwa doch, ihr Lümmel?

Jumbo: Mein Himmi hat den Sturz durch das Hochhaus nicht überlebt. Der andere Himmi ist offiziell zerstört wordensöa.
Hitschkoks: Offiziell?
Jumbo: Ja, die Zeremonie wurde sogar live im Fernsehen übertragen und notariell bestätigt von einem Notar aus Deutschland, Doktor Schnitzelklopper!
Hitschkoks: Nun, meine Freunde, im Großen und Ganzen ist es eine den drei Paragraphenzeichen durchaus gut zu Gesicht stehende Geschichte, wenn auch streckenweise etwas sehr unrealistisch, findet ihr nicht?
Gyrosbrot: (*bevor Plastikschlitten antworten kann*) Aber, Mister Hitschkoks, das trifft doch wohl auf alle unsere Fälle zu, denken sie doch zum Beispiel mal an den Aufriss mit unserer abgefahrenen Zeitreise. Oder den Weltraumausflug von Plastikschlitten. Wie unglaublich abgehoben war das denn bitte schön? Und abgesehen davon reden wir gerade mit ihnen, obwohl sie mittlerweile bereits seit fast vierzig Jahren tot sind.
Hitschkoks: Bemerkenswert, mein Junge, eine gelungene Argumentation. Unter dem Aspekt sollte einer Veröffentlichung nichts im Wege stehen.
Jumbo: *Ich* habe aber noch etwas, was mich stört.
Gyrosbrot: Und was?
Plastikschlitten: Dann sag schon, Jumbo!
Jumbo: Ich bin eindeutig zu schlecht weggekommen. Ihr stellt mich am Ende wie einen egozentrischen, narzisstischen, selbstsüchtigen, redundanten Idioten dar. Immerhin habe ich die Welt gerettet und nur wegen eurer spitzfindigen Auslegung für die Belohnung bleibt mir nur ne Handvoll Salzstangen, während Plastikschlitten sich völlig übertrieben wichtig vor den Leuten mir einer zudem noch total bekloppten Rede produziert und den ganzen Applaus einfährt. Wo bleibt da *mein* großer Auftritt?
Plastikschlitten: Nee, komm jetzt, Jumb, nicht *das* schon wieder. Mister Hitschkoks hat es diesmal so vorgegeben, um mal ein bisschen Abwechslung in unsere Serie zu bringen. Das haben wir doch schon groß und breit besprochen. Und außerdem habe ich jetzt echt keinen Bock mehr, noch irgendwas zu ändern. Immerhin hast

du jetzt schon den Part mit der Weltrettung bekommen und das Rätsel wurde auch mehr oder weniger maßgeblich von dir gelöst.
Gyrosbrot: Genau. Und wir haben die ganzen peinlichen Episoden über dich gestrichen. Obwohl wir eigentlich ja zwei zu eins abgestimmt hatten, dass die drinbleiben. Am besten fand ich ja deine Aktion, als du dich bei unserem ersten Wiedersehen so erschrocken hattest, dass du dir volles Pfunden in die Hose ge…
Jumbo: Halt die Fresse, Gyrosbrot!
Plastikschlitten: Oder meine Lieblingsstelle, als du, hihi, als du mit dieser Riesengurke, haaaaahaha, als du nicht wusstest, dass wir uns die ganze Zeit … (*Gyrosbrot fängt ebenfalls an zu prusten*)
Jumbo: Okay, okay. Lassen wir es so. Ich kann mir eh nicht vorstellen, dass der Verlag die Geschichte so veröffentlicht. Diese Nummer ist echt zu abgefahren, überzogen und stilistisch unterirdisch.
Hitschkoks: Nun, meine Freunde, das hatte ich noch gar nicht erwähnt. Das Manuskript geht nicht an den üblichen Verlag, sondern nach Europa.
Plastikschlitten: (*räusper*) Aber ist das denn nicht unser üblicher Verlag, Mister Hitschkoks?
Jumbo: Er meint sicher den Kontinent, Plastik.
Plastikschlitten: Ach so.
Gyrosbrot: Ja, an diese Brüder … äh, wie heißen die noch gleich?
Hitschkoks: Bruder B. und Bruder R. aus Deutschland. Ihr wisst doch, denen habe ich doch auch den Fall *Die drei Paragraphenzeichen und der Superpapa Guy* geschickt.
Gyrosbrot: Oder *Die drei Paragraphenzeichen und Mante Tatildas Geheimnis*, ging doch auch zu den beiden nach Deutschland.
Hitschkoks: Hier ist die Adresse der beiden. Ich habe keine Zeit es selbst zu verschicken und mir ist das Porto zu schade, außerdem würde ich noch um eine Überarbeitung bitten.
Plastikschlitten: Was denn für eine Überarbeitung?
Hitschkoks: Nur ne Kleinigkeit. In der Szene, in der ihr am Ende zu mir in das Büro kommt, da hocke ich auf ner Apfelsinenkiste, habe die Schuhe auf dem Tisch, esse Döner und trinke Fanta. Ich finde nicht, dass dies dem Bild entspricht, dass meine Freunde oder meine Fans von mir haben.

Plastikschlitten: (*grinst*) Noch nicht!
Hitschkoks: Ja, und das soll auch so bleiben, deshalb bitte ich um Korrektur, meine Herren!
Jumbo: Aber wieso ändern, Mister Hitschkoks?
Hitschkoks: Ich möchte ...
Jumbo: Mit Verlaubsöa, dieser Fall wird doch eh nur in Europa und zwar in deutscher Sprache erscheinen. Keiner ihrer Fans versteht deutsch. In den Staaten oder England wird das Buch niemals veröffentlicht. Außerdem ist keiner ihrer Freunde mehr am Leben. Es wird sie also nicht sonderlich jucken.
Gyrosbrot: Und sie, Mister Hitschkoks, wird es auch nicht jucken, da *sie* ja auch schon lange tot sind!
Plastikschlitten: (*lacht*) Leute, das ist unfair. Lasst uns nen Kompromiss suchen! Ich könnte ja statt *Döner* einfach *Gyros-Pita* schreiben, hahaha, und statt *Fanta* nehmen wir *Cola*, hehehe, und statt *Apfelsinenkiste* nehmen wir nen *Chefsessel*. Und den bekackten Furzgestank beim Reinkommen lasse ich dann auch mal raus. Ach ne, den hatten wir ja gar nicht reingeschrieben, weil wir uns nicht sicher waren, ob es in Hitschis Büro nicht immer so riecht.

Alle drei Paragraphenzeichen ultra am Lachen.

Mister Hitschkoks nicht